王立図書館のはりねずみ

ひきこもり魔術師と王子の探し物

雨宮いろり

23929

角川ビーンズ文庫

Contents

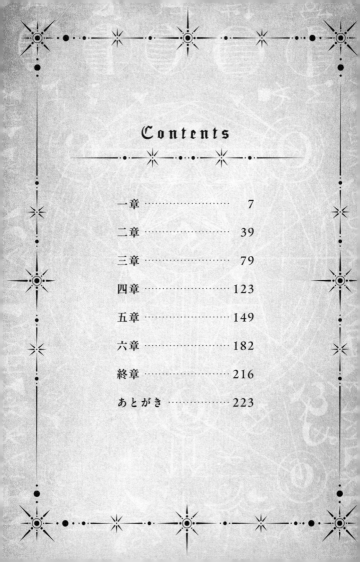

王立図書館のはりねずみ
ひきこもり魔術師と王子の探し物
エクシア・フィラデルフィア
図書館の最年少『魔術師』。
優れた写本技術を持つが、
人見知りで、仕事部屋に
ひきこもってばかりいる
アイヴァン＝ウルスラ・ノーザンクロス
ノーザンクロス王国の第一王子。
次期国王として期待される人物。
図書館で何かを探している様子

レベッカ・デザストル

デザストル
公爵家令嬢。
アイヴァンの
婚約者候補

デザストル公爵

デザストル領主。
開戦派で、
アイヴァンとは
反目している

アナベル

図書館の
『上級魔術師』

ヴォルテール・マージナル

現在の図書館長。
目元を仮面で
隠していて、
性別年齢ともに
不詳

ミルカ・ハッキネン

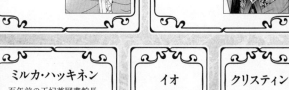

百年前の王妃兼図書館長。
「図書館の守護聖人」
と呼ばれる

イオ

図書館の
『上級魔術師』

クリスティン

図書館の
『魔術師』

本文イラスト／安芸緒

一章

机と椅子の他には何もない簡素な館長室には、部屋の主たる図書館長と、小柄な赤毛の少女が向かい合って座っていた。

「はいエクシア・フィラデルフィアくん、二回目の不合格おつかれさま」

「ふ、不合格、ですか……」

図書館長はにこにこ笑いながら不合格通知を突きつけてきた。エクシアは肩を落としながらそれを受け取り、ちらりと図書館長を見る。

長い黒髪を束ね、右肩のほうに垂らした図書館長は、目もあやな刺繍が施されたローブを纏い、悠然とエクシアを見返してくる。

図書館長は性別不詳にして年齢不詳。目元のみを隠す白い仮面のせいで、表情もろくに窺えない怪しい人物だ。

だがこう見えて、魔術における最高機関である図書館を二十年も統括している、偉大な『魔術師』なのであった。

図書館。

それはノーザンクロス王立学園のシンボルであり、ノーザンクロス王国の技術の象徴でもあった。

地上十階、地下百階にも及ぶ空間には、世界の様々な書籍、木簡、巻物、石板が保管されており、まだ研究されていない太古の魔術たちが、紐解かれるのを待ち望んでいる。

この図書館にある本を読んだり、研究したり、修復したりできるのが『魔術師』と呼ばれる研究者であり、その職位に応じて図書館内の立ち入りできる場所や閲覧できる本が決まっている。

エクシアが挑戦したのは、この図書館における『上級魔術師』への昇格試験だ。狭き門だが、この試験をクリアすれば、図書館で読める本の数は増え、立ち入ることのできる場所も多くなる。

だからエクシアは、絶対に合格したかったのだが——。

結果は、不合格。

『上級魔術師』への昇格試験には、筆記と面接、口述試験があるけれど、どこで落ちたと思う？」

「……口述試験でしょうか」

消え入るような声でエクシアが言うと、図書館長は両手でバツ印を作りながら、とても嬉しそうに、

「ぶっぶー！　面接です！」

　と叫んだ。

「筆記は申し分ないし、口述試験も悪くはなかった。この図書館における最年少の『魔術師』だけのことはある」

「……じゃあ、どうして駄目だったんですか」

「それはもちろん、君には『上級魔術師』になるための重要な資質が欠けているからだ。それも物凄く、著しく、致命的に！」

　強調されるたびに、エクシアの身体に重い石が重なってゆくようだった。

「私には、何が足りないのでしょうか」

「それは自分で見つけなくちゃ。少なくとも、今のやり方を続けるようであれば、合格はさせてあげられないね」

　エクシアは途方に暮れたように、自分のふわふわとした赤毛を指先でいじった。湖のように青い目は、ただ足元をじっと見つめている。

　図書館長の方を見ないまま、エクシアは呟いた。

「本を読んで、中身を読み解いて、研究する。それでは『上級魔術師』にはなれないということでしょうか」

「なれないね」

きっぱりと言い放った図書館長は、ショックを受けてさらに俯くエクシアを、楽しそうに眺めている。

「どうすれば『上級魔術師』試験に合格できるのか、君は自力でそれを見つけなければならない。うん、考えようによっては、これも試験の一つと言えるだろう！　頑張りたまえ、エクシアくん」

館長室を出たエクシアは、ずっしりと重い体を引きずるようにして、一階から二階へと向かった。

地上十階、地下百階。凄まじい規模を誇る図書館内部は、火気と日光を嫌うため、どことなく薄暗い。

すずらん形をした不燃性のカバーに覆われた明かりは魔術がかけられており、エクシアの歩む先を次々と照らしてゆく。

その明かりが照らすのはエクシアだけではない。中型犬ほどの大きさもある、蜘蛛型の絡繰り人形だ。黒と金メッキの体色に、赤いルビーの目が輝いている。

「蜘蛛」と呼ばれているこのオートマタは、本棚に器用によじ登ると、するりと本を抜き出し、背中のくぼみに置く。そうしてふわりと本棚から飛び降り、関節を微かに軋ませながら、通路を歩いてゆくのだ。

蜘蛛たちは書物の貸し出し及び返却のために作られた精霊の一種である。図書館を図書館たらしめるための『機関部』と呼ばれる部署が統括しており、エクシアも蜘蛛たちの力を借りて資料を探すことがあった。

その中でも特に親しくしているオートマタが、ちょうどエクシアの前を横切った。

「おつかれさま、ビビ」

エクシアが呼ぶと、そのオートマタはカシャカシャという関節音と共に立ち止まった。背中に本を積んでいるところを見ると、仕事の最中だろう。エクシアを認めると、赤いルビーの目を明滅させた。

蜘蛛型のオートマタは、個体識別番号を持っているだけで、名前はない。けれどエクシアは勝手にこの個体をビビと呼んでいた。

(他のオートマタに比べれば、動きはぎこちないし、関節の軋みも他の子より大きいんだけど……。何かそこが可愛いのよね)

オートマタという器に入っているが、中身は精霊なので、魔力をエネルギーとして動いている。

エクシアは馬に角砂糖をやるような感覚で、自分の魔力をビビに与える。ほの赤い光球がエクシアの指先から放たれると、ビビは飛び上がって器用にそれをキャッチした。

『……び？』

魔力を飲み込んだビビが、微かに小首を傾げたので、エクシアは苦笑した。

「私の魔力から感情を読んだのね。賢い子。そう、今はちょっとがっかりしてるところ」

『びー』

鳥の鳴き声を掠れさせたような声を上げ、ビビがエクシアを見上げた。び、び、と何か言いたそうにしているのが可愛い。

「慰めようとしてくれてるの？　ありがと。ビビはその本を届けるお仕事があるんでしょ、もう行った方が良いわ」

エクシアが促すと、ビビは名残惜しそうにしながらも、廊下を進んでいった。

エクシアは図書館において最年少の『魔術師』だ。その証として、図書館長のそれと同じ灰色のローブを纏っているが、背中の刺繍は青いオオルリが一羽というシンプルなもの。

（『上級魔術師』試験に合格すれば、フクロウの刺繍が入ったローブを着ることができたのに）

口述試験や面接に自信がなかったため、筆記試験で点を取ろうと寝る間も惜しんで勉強していたが、無駄だったようだ。

肩を落としながら、二階の隅にある書架の間にするりと身を滑り込ませ、一番下の段にある本をそっと手前に傾ける。

すると書架がドアのように開き、隠し階段が現れた。

エクシア一人がようやく通れるほどの螺旋階段を、三階分ほど上ったところで立ち止まる。懐に手をやり、手のひらサイズの書物——魔導書を取り出すと、エクシアは手のひらに魔力を込めながら静かに唱えた。

「現れよ」

詠唱に応じて魔導書が光ったかと思うと、白い壁にぼわりと黒い染みが浮かび上がった。それは瞬く間に広がって、小さな横穴へと姿を変える。

エクシアの持つ魔導書は、小型の持ち運び可能なタイプだ。今のように、部屋の鍵代わりに使うこともできるし、身の回りの用事をこなすために火・水・風を起こす初歩的な魔術を展開することもできる。

エクシアにとって必要な魔術をコンパクトにまとめてある、彼女専用の魔導書だ。表紙にエクシアの目の色である瑠璃を埋め込んであるのが、お気に入りの装飾である。

(まあ、図書館で使える魔術はこれくらいのものなのだけれど)

繊細な魔術が展開されている図書館では、事前に申請した、ごく限られた種類の魔術しか使えないようになっている。お気に入りの魔導書も、図書館内ではほとんど飾りのようなものだ。

現れた横穴に体をねじ込ませると、天窓のある小部屋がエクシアを出迎えてくれた。卵のような形をした部屋は、天窓から差し込む光に満ちている。部屋の真ん中にはエクシアが作業をするための写本台があり、広いアルコーヴには、エクシアお気に入りのクッションが敷き詰められていた。

ここはエクシアの小さな仕事場だ。

小柄なエクシアだからこそ潜り込むことができる小部屋で、誰にも脅かされず本を読んだり、仕事を進めたりすることができる。天窓から入る光は書物を傷めてしまうが、特殊なシートを窓ガラスに貼ることで対策している。

最も目をひくのは、あちこちで無造作に積み重ねられた本だろう。

しかもそれは完璧に製本された本だけではなく、表紙のついていないものや、綴じられておらず、ページが扇子のように広がっている、製本途中のものもある。

エクシアは読みかけの魔導書を手に取ると、クッションの中に思い切り飛び込んだ。

「本を読んでるだけじゃ『上級魔術師』になれないなんて、そんなの聞いてないわよ。『魔術師』になるのはそこまで難しくなかったのに……」

『魔術師』とは、図書館において、優れた知識と技術を持つ者に与えられる職位であり、エクシアは魔導書を写本することを生業としている写本師である。

魔導書とは、魔力を込めた糸や紙、革で作られた、魔術の要素が込められた本のことだ。開発した魔術を魔導書という形に落とし込むことで、魔力がある者なら、その本を所持さえしていれば半永久的にその魔術が使える。

魔術の出力は、本人が持つ魔力と、その魔導書の出来によって決まる。ゆえに、製本に長けた『魔術師』が、強い魔術を行使する上では必要不可欠なのだ。

けれど、技術と知識の粋を集めた、ここノーザンクロス王国の図書館において、『魔術師』程度のランクでは、全ての本を読むことはできない。

「この魔導書を写本するのに、地下二十階の本を参考にしたかったんだけど」

エクシアの職位では、地下二十階には入れない。

そこに置かれた書物は、貴重な魔術の情報がたんまりと書かれており、『上級魔術師』にならなければ立ち入ることも読むこともできないのだ。

「『上級魔術師』試験に合格するための方法を、自力で見つけなければならない、なんて……難易度が高すぎるわ」

これからどうすればいいか分からないエクシアは、ミントの香りが微かに漂う仕事部屋の中で、ひとり頭を抱えている。

エクシアは十九歳。既にノーザンクロス王立学園を卒業した身だが、図書館付きの『魔術師』であるため、王立学園の敷地内で寝起きしている。

職員用の寮の部屋、山積みになっている本を蹴倒さないよう気をつけながら、エクシアは鏡を覗き込んで身づくろいをする。

ふわふわの、猫の毛のように柔らかな赤毛は、肩の辺りまでのびている。海のような、あるいは空のような青い目は少し垂れ気味で、いつも眠たそうに見えると姉からからかわれていた。

身長は、かなり小さい。最初に支給されたローブは大きすぎて裾を床に引きずってしまい、裾上げをしなければならなかったくらいだ。

あれは少し、いやかなり恥ずかしかった。

図書館には特に制服などはないため、濃い青か黒のシンプルなワンピースを仕事着代わりにしている。これなら汚れも目立たないし、何日か同じものを着ていてもバレない。

気を抜くとすぐ撥ねる髪が、今日は落ち着いていることを確認してから、エクシアは図書館に出勤した。

王立学園は、幼稚園から大学まで、幅広い年代の生徒が通っており、朝からあちこちで賑やかな声が聞こえている。遅刻しそうなのか、飛行魔術をかけた箒にまたがって低空飛行をする生徒を危ういところで避け、おしゃべりに興じている女生徒の群れを早足で追い越しながら、職場に向かった。

晴れでも雨でも薄暗い図書館に入ると、古書の匂いと修復用の薬品の香りを感じる。

（この暗さ、この匂い……ほっとする。『上級魔術師』試験は落ちちゃったけど、気持ちを切り替えて、やらなきゃいけないことに集中しよう）

　エクシアは早速仕事部屋に向かい、今日の仕事に取り掛かった。

『魔術師』の仕事は多岐にわたる。

　既にある魔導書を写本したり、古びた魔導書の修復をしたり、新しく開発された魔術を、魔導書の形に落とし込んだり。

『魔術師』によって得意な分野は異なるが、エクシアは特に完璧な写本をすることで知られていた。

　仕事部屋の端にある、小さな引き出しがたくさんついたキャビネットを、素早く開け閉めする。ここには様々な素材が整理されて収められていた。

「ええと、この花ぎれは……。ジルゴッドの蔦で編まれてるみたい。確か在庫があったはず……あ、これこれ」

　魔導書はページだけの中身に、革表紙を張って製作することが一般的なのだが、その中身の背の上下両端に貼り付ける布を花ぎれという。

　本を丈夫にするほか、装飾の意味もあるが、魔導書においては、書かれた魔術の威力や効果を底上げする効果をも持ち得る。

　エクシアは引き出しから細長い蔦を取り出し、写本する魔導書の原本と見比べてみた。

「……これ、色が少し違うわね。原本の方が、少し色が濃い」

ルーペで確認し、特殊な試験紙を当てると、色の違いの理由が分かった。

「これ、朝に採ったジルゴッドなんだわ。朝露が染み込んでるから、色が濃く見える」

花ぎれに限らず、朝露が染み込んだり朝日を浴びたりした素材を使用することで、僅かだが魔力のめぐりが良くなるという効果がある。

この魔導書を作った魔術師の心配りに感動しながら、エクシアは立ち上がった。

「朝採れのジルゴッドを買いに行かなくちゃ」

ここで妥協して普通のジルゴッドを使えば、魔術師の意図を無視することになる。写本するのは、あくまで市場に多く出回っている生活魔術の魔導書であり、貴重な書物ではなかったが、エクシアの写本師としてのプライドが妥協を許さなかった。

エクシアは小部屋を出、地下三階にある売店へ向かう。

そこには写本のために必要な数々の道具が並べられており、素材も多く蓄えられている。

しかしその売店には求める物はなく、エクシアは更に下の階層へと降りて行った。

行き交う『魔術師』や『上級魔術師』たちの中には、すれ違うエクシアにちらりと視線を投げてきたり、気さくに挨拶をしたりする者がいて、そのたびにエクシアはぎこちなく頭を下げる。

最年少の『魔術師』として注目を浴びているエクシアだったが、こういった好奇の視線は苦手だった。ただでさえ人見知りで、売店の店員と言葉を交わすのも腰が引けるのだ。同僚と楽しく会話などできるはずもなかった。

前から来た『魔術師』と目が合い、話しかけられそうになって、エクシアは書架の間に身を滑り込ませる。さもこの書架に用があるふりをしながら、俯きがちに進んだ。

（……ん？　あの人、誰かしら）

ローブを纏っておらず、王立学園の制服も着ていない銀髪の青年が、足早に通路を通ってゆくのが見えた。

あれほど身なりの良い人間が午前中に歩いているのは珍しい。恐らくは貴族であろう青年は、供もつけずにさっさと進んでゆく。

だが、彼が向かう先は、立ち入り禁止区域だ。『上級魔術師』でも閲覧できない本がある場所である。

立ち入り禁止区域に一般人が足を踏み入れようとすると、容赦なく罠や魔獣が襲ってくる仕組みになっている。警告などはしてくれないのだ。

（一応標識はあるから、立ち入り禁止だって分かるはずなんだけど）

書架にバツ印のついたタペストリーがかけられており、床にも大きく立ち入り禁止と書かれている。

エクシアは青年がその標識に気づいてくれることを祈るが、背筋をぴんと伸ばした彼の足取りは緩むことがない。

思わずその後を追いかけながらも、エクシアは青年にどう声をかけようか迷っていた。

(もしかしたら、危険だってことくらいとっくに分かってるかもだし、最悪怒られちゃうかもしれないし……)

だが、青年の向かう先が第十八番禁書棚であることに気づき、そうも言っていられないことを悟った。

(あそこは魔獣の罠があるところ……! あの人、何の武装もしていないそうだし、さすがに止めないとまずいわよね!?)

エクシアは青年の後ろ姿に向かって叫んだ。

「そ、そこの人、止まって下さぁい……!」

青年が足を止め、不思議そうに振り返る。宝石を思わせる金色の瞳は冷ややかだったが、とにかく止まってくれて良かったと思いながら、エクシアは青年に駆け寄った。

「あ、あのですね、そっちの棚は第十八番禁書棚といいまして、許可のない人が立ち入ると魔獣が出現する罠が発動するんです。図書館では申告した魔術以外は使えませんから、魔術で対応しようと思ってもできません」

「そうだったのか。図書館は不慣れなもので、分からなかった」

「一応標識も出てはいたんですけど」

エクシアが足元の立ち入り禁止の文字を指さすと、青年はああ、と声を漏らした。

「気づかなかった。考え事をしていたから」

エクシアは一所懸命言葉を続けた。

「あの、図書館ではあんまり気を抜かない方が良いと思います。禁じられた場所に勝手に入ると罠が作動しますし、許可がないと入れない場所がたくさんありますから。お供の方をつけた方が良いですよ」

「罠については気をつけておこう。ただ私はどこでも立ち入ることができるから、後者については心配無用だ」

「どこでも立ち入ることができる……？」

そんなことがあるはずはない。

この図書館の中をフリーパスで歩けるのは、図書館長か、あるいは――。

「まさか、お、王族の方でいらっしゃいますか……!?」

「一応な」

エクシアの顔から血の気が引く。まさか王族の人間にこんなところで出くわすとは思ってもみなかったのだ。

この図書館にはノーザンクロス王国の技術の粋が集められている。ゆえに、王族であればいつでも立ち入り、その技術を学ぶことができるのだ。

もっとも、図書館の書物は専門的すぎるので、王族がこの権利を行使することはほとんどないと聞いていたが。

エクシアは慌てて腰を折り、正式なお辞儀をする。

「ご、ご無礼をいたしまして」

「無礼なものか。警告してくれたんだろう？　感謝する」

笑みを浮かべると、青年の冷ややかな雰囲気が微かに和らいだ。

「君は図書館で働いているのか？　それにしては若いようだが、いくつだ」

「『魔術師』として働かせて頂いております。エクシア・フィラデルフィアと申します。十九歳です」

「その若さで『魔術師』とは、かなり研鑽を積んでいるようだな。私はアイヴァンという」

肩ほどの長さまで伸ばした銀色の髪に、美しい金色の目。優雅でありながら、訓練の行き届いた身のこなしは、言われてみれば王族らしい高貴さに溢れている。

年齢はエクシアより少し上くらいだろう。柔らかな物腰、穏やかな口調が板についているものの、本心を読ませない壁のようなものが感じられた。

「エクシア、もしこの後用事がないのなら、図書館の中を案内してくれないか」

この申し出にエクシアは戸惑った。

なぜならば、王宮と図書館は対立関係にあるからだ。

　本来であれば助け合い、共に国を治めてゆくはずの二つの組織は、王宮による図書館の能力の搾取、王宮の横暴、そして図書館の秘密主義によって、完全に仲違いしていた。

（王宮の人間が図書館で何か探そうとしても手助けしなかったり、王宮の儀式に招かれた図書館側の『上級魔術師』が恥をかかされたり、みたいな対立エピソードには事欠かないのよね……。私はそういうことにあんまり興味はないけれど、図書館の案内をするとなると、他の人が嫌な顔をするかしら）

　そう思いながらエクシアはおずおずと尋ねる。

「どこをご案内すればよろしいのでしょう。何かお探しの書物があるのですか」

「悪いが何を探しているかまでは言えん。だが先程のように罠がある場合は、それを教えてもらえると助かるのだが」

　王族のために図書館内を案内する。いわば王族を利する行為を、他の『魔術師』たちは咎めるかもしれない。

　だがエクシアには下心があった。王族が持つ「図書館のどこにでも立ち入れる権利」が、喉から手が出るほど欲しかったのだ。

（この人と一緒にいれば、『魔術師』の立場では入ることもできないあんな本棚や、こんな本棚を、見ることができる……！）

　それが『上級魔術師』試験に落ちたエクシアを大いに魅了した。彼女は戸惑うように視線を彷徨わせたが、それも一瞬のことだった。

「分かりました。図書館をご案内させて頂きます。もっと深い階層には、複雑な罠もたくさんありますから」

するとアイヴァンはにこりと微笑んだ。友好的な表情はまるで仮面のようで、さすがは王族、とエクシアは引きつった笑みを返す。

「それは助かる！　実は入り口でも依頼したんだが、断られてしまってな」

「それはご無礼を……。ですがまあ、仕方のないことといいますか」

「ああ。図書館の人間は王族が嫌いだからな」

ずばりと切り込まれてしまい、エクシアは返事に窮する。こういう時に上手く切り返す術を知らないのだ。

（ましてや王族の方相手に、何を話したらいいのかなんて分からないもの）

エクシアはいつものように口をつぐむと、アイヴァンの前に立ち、静かに歩き出した。

図書館の内部は迷路のように入り組んでいる。

階段があちこちにあって、必要以上に歩かされたり、目的の書架にたどり着くまでにわざと遠回りさせられたりするのだ。

「そういえば、そもそも君たち図書館の人間は、どんな仕事をしているんだ？」

「大きな役目は、魔導書の製本及び写本ですね。新しい魔術が開発されたら、それを最も効率的に展開できるよう、工夫を施した魔導書を作成することを製本といいます」

「ああ、王宮にもお抱えの製本師がいる。工程は何となくだが想像できる」

「写本とは、貴重な魔導書が入って来たら、それを正しく書き写すことをいいます。過不足なく書き写すことで、その魔導書に書かれた魔術を正確にコピーすることができるというわけですね。私もその仕事に従事しているところです」

「それを繰り返すことで、我が国の図書館は、知の宝庫となったわけだな」

頷いたエクシアは続ける。

「あとは古くなった書籍や石板、巻物の修復。それに書籍の貸し出しといったところでしょうか。図書館の建物自体が巨大な魔術機構でもありますから、それを維持することも仕事に含まれます」

「例えば、先程からすれ違っている、蜘蛛型のオートマタなどか」

「はい。書籍を運ぶことの他に、図書館内部の傷や汚れを発見することも、彼らの仕事に含まれていますね。『機関部』と呼ばれるメンテナンス部隊が管理しています」

廊下をすれ違うオートマタたちは、勤勉な蟻のように働いていたが、すれ違うアイヴァンをちら、ちらと見上げている。

この蜘蛛たちが見たものは『機関部』の人間も目撃したことになる。オートマタたちは監視の役割も担っているのだ。

途中でエクシアが、ある一体のオートマタに向かって手を振った。そのオートマタ——お尻のところに「88B」という文字が入っている——は、手を振り返すように二本の足を頭上で振っていた。

「知り合いか？」

「いえ。ただよくお世話になっている個体なので」

アイヴァンはエクシアの返答に頷くと、人に命じ慣れた声音で言った。

「とりあえず、今立ち入ることができる場所を全てざっと見てみたい」

「承知いたしました。著名な魔導書を紹介します」

図書館が対外的に公開している魔導書が収められている棚を、まるで花から花へ飛び交う蝶のように移動しながら、エクシアはアイヴァンに色々なものを見せた。

牧歌的な表紙の古書を指し示しながら、すらすらと説明する。

「こちらは二百年前の児童書です。貴族が自分の子どもの警備のために作らせたもので、この魔導書自体に『子どもを守る』という意識が芽生えている稀有な例です」

「魔導書が精霊化しているということか。そのようなこともあるんだな」

「写本をしても同じ効果は得られないので『魔術師』としては厄介な本ですが。こんな所にしまいこんでおくよりは、子どものいる家に置いてあげれば良いのにと思います」

他にも、持っているだけで酒に酔ったような効果が得られる石板や、『メイドの手引書』というタイトルでありながら、恐ろしく高度な掃除魔術が書かれている魔導書などを紹介すると、アイヴァンが少し焦れたようにエクシアを見た。

「私は観光ツアーに来たわけではないんだが」

「分かりやすい魔導書ではなく、価値のある魔導書をご覧になりたい、と?」

頷くアイヴァンに、エクシアは別のルートを考える。

(王族の人が魔導書の詳細に興味を持つこともあるのね。王宮から自分の望む魔導書を発注することとしかしないと思ってたけど)

少しは専門的な話をしても問題なさそうだ。そう思ったエクシアは、アイヴァンを図書館のもっと奥へと案内する。

図書館の奥に足を踏み入れるということは、更に入り組んだ迷路を体験するということでもあった。扉を開けてもそこにあるのは壁だったり、よく注意しないと気づけない通路があったりする。

もちろん罠もあちこちにある。一見すると普通のドアノブなのに、触れると噛みついてきたり、タイル張りの通路では黒いタイルを踏むと、道が閉ざされる仕掛けになっていたりするのだ。

アイヴァンが、どんな罠があるか見たいというので、一度発動したところを見せてやると、驚いたような唸り声を上げた。そういった罠を全て器用に掻い潜り、迷わず進んでゆくエクシアに、アイヴァンは感嘆の声を上げた。

「地図もないのに見事なものだな。君に道案内を頼んで正解だった」

てらいのない誉め言葉に、どう答えてよいものか分からず、エクシアはぶつぶつと呟く。

「こういった内装になっているのは、侵入者防止のためなんです。図書館内部にある貴重な知識や技術が盗まれないよう、分かりにくくしているんですね」

「ここを歩いていると、昔城の近くにあった呪いの森を思い出す。何の対策もせずに迷い込むと、永遠に目的地にたどり着けないんだ」

「森という譬えは面白いかもしれません。図書館は一つの生命体のように、常にその形を変えていますから。もっとも、法則性はありますけど」

　エクシアはそう言って、今まさに壁の中に埋もれて行こうとしている扉を指さした。

　出入り口が消えようとしているのに、平然としているエクシアを見て、アイヴァンは不思議そうに首を傾げる。

「これは日常茶飯事なのか？」

「ええ。違うルートで行きましょう」

　本棚の間をすり抜けようとして、エクシアと同じローブを纏った『魔術師』と目が合う。顔は知っているし何度か図書館内ですれ違ったことがあるが、名前は知らない。

その青年が、何か言いたそうな顔でエクシアに近づいてきたので、エクシアは慌てて顔をそむけ、踵を返した。

（知らない人と話すの、苦手すぎる……！）

別の道を辿って、扉に代わるルートを探すが、いつもなら近くにあるはずの階段が見つからなかった。きょろきょろと辺りを見回すエクシアに、アイヴァンが天井を指さす。

「探しているのはあの階段か？」

「えっ？」

見上げると、上ろうと思っていた階段が天井にぴたりとくっついているのが見えた。この図書館では、階段でさえも自在にその位置を変えるのだ。

「あれです。よく気づきましたね」

「先程すれ違った青年が君に声をかけようとしていたからな。『この先の階段が』とまで言いかけていたのに、君がさっさと行ってしまうから」

咎めるような口調ではなかったが、エクシアを恐縮させるには十分だった。

「……人と話すの、苦手で」

「フィラデルフィア伯爵のご令嬢だろう。その社交能力はどうかと思うが」

（うっ。この人、痛いところを突いてくるわ……）

もじもじと指をいじりながら、エクシアは言い訳を考える。

「わ、分かってますよ。ただ子どもの頃のトラウマが」

「どんなトラウマだ」

「……よくある話です。子どもも招かれたパーティーで、他の皆は人形やドレスの話をしているのに、私だけずっと本の話をしてて、それで友達を作れなくて」

あの時の、水の中でもがいているような感覚が蘇る。理解を得ようと言葉を重ねれば重ねるほど、周りの少女たちはますます怪訝そうな顔をするのだ。

『何を仰りたいのか全然分からないわ』

『もっと楽しいお話をしましょう？』

エクシアにとっての「楽しいお話」は、今も昔も本のことだけだ。普通の少女が好むようなものについては何一つ語ることができず、そのせいで孤立してしまった。

「何か酷いことをされたとか、そういうわけではないんです。ただ昔からどうしても浮いてしまいがちで、何か言うと変な顔をされてしまうから、あんまり人前で喋らないようにしているんですが、そうするとおのずと友達もできないわけで」

初対面の、しかも王族相手に話す内容ではない。

そう思いながらも言葉を止めることができなかったのは、話を聞くアイヴァンの顔が、想像以上に優しいものだったからだろう。

（この人なら自分の話を聞いてくれる、っていう不思議な安心感がある。王族の人はもっ

と冷たいものだと思っていたけど）

しかし、返答は存外厳しいものだった。

「だが、図書館は君の職場だろう。同僚と言葉を交わすことは、君の仕事の一部でもあるのではないか」

真っすぐな正論に狼狽えながら、エクシアは反論を試みる。

「で、でも何だか図書館の人たちは皆、私のことを奇怪なものを見る目で見てくるんです」

「それは君がその若さで『魔術師』だから、興味津々なのでは」

「ありえないです。きっと皆、私のことを生意気でちびで赤毛のはりねずみか何かだと思ってるに違いないです……」

するとアイヴァンは口元を押さえ、微かに笑った。

「ど、どうして笑うんですか！」

「いや、はりねずみというのが、絶妙にぴったりの譬えだと思ってな。背の高い書架の間をちょこちょこと歩いているところなんか、そっくりだった。誰かにそう言われたのか？」

「……昔、父に言われました」

「ああ、お父様はよく分かっていらっしゃる。まあ確かに君は、生意気でちびで赤毛ではりねずみだろうが」

「アイヴァン様もそう思われますか⁉」

「だが誰も、それを悪いとは言っていないのではないか」

静かに告げられた言葉の意味を考えていると、アイヴァンが先を促す。

（誰も悪いとは言っていない、ですって？　……変な人。大体会ってからそんなに経ってもいないのに、私のこと全部分かってますみたいな喋り方して、王族の人ってやっぱり偉そうなのね）

　エクシアは余計なことを考えまいと、気持ちを切り替える。

（もっとディープな魔導書を見たいって言うのなら、リクエストにお応えして、いつもは立ち入れない場所に連れて行っちゃおう！　地下二十階……はさすがにやりすぎだけど、地下五階にも『魔術師』の資格だけじゃ入れない場所があるのよね）

　エクシアはいそいそと地下五階への最短ルートを選んだ。

『魔術師』の資格では入れない場所の棚は、一見すると普通の、背の高い書架だ。だがよく目を凝らせば、魔術障壁が展開されているのが分かる。

「こちらの先にある『ヴェソウィの禁書』は、呪いをそなえた魔導書なんですが、その呪いの内容がランダムなんです。猫に変わったまま一生戻れない呪い、同じ物しか食べられない呪い、一日一回は必ず足の小指をぶつける呪い、心臓が破裂して即死する呪いなどが観測されています」

「あまりにもランダムすぎやしないか？　なるほど、禁書指定されるわけだ」

説明しながらもエクシアはどきどきしている。

アイヴァンが難なく魔術障壁を突破し、書架の間に入る。恐る恐るエクシアも足を踏み入れてみるが、特に障壁は感じられなかった。

(すごい、私一人じゃ入れない場所って、こんな風になってるのね!)

興奮しながら書架に並んだ本の背表紙を見つめる。

ちなみにこの図書館に分類という言葉はない。魔導書や書物を著者順に並べるとか、ジャンルごとに分けるとか、そういった利用者への配慮がされた書架はごくわずかだ。

並んでいる本のタイトルを眺めるだけでもうきうきしてしまう。製本・写本に際立った能力を持つエクシアも、書架の森に分け入ればただの本の虫だった。

アイヴァンが何気なく目を向けたのは、銀色の小さな本だった。他の書物に比べて小さく、ポケットに収まるくらいのサイズなので、目立ったのだろう。

「あ、それが『ヴェソウィの禁書』です。私はその資格がないので手に取れないのですが、アイヴァン様でしたら触れられますよ」

「呪いの禁書を手に取れと?」

「手に取るだけで呪われる魔導書であれば、専用の封がされていますから。それがないということは、触れるくらいなら大丈夫ということです。ページも簡単には開けないようになっていますね」

　するとアイヴァンはあっさりと本を手に取った。エクシアはその手元を食い入るように見つめる。

「……なるほど、本が銀色に光るのは、塗料のせいではなくて魔力コーティングのせいですね。呪いの効力が外にしみ出さないよう抑えるためのコーティングでしょう。製本の仕方も独特、というかこれ、表紙を糊で貼り付けただけですね」

「見ただけで分かるのか」

「そうでなければ写本はできません。使っている羊皮紙は粗悪品で、製本も雑……となると、呪いのトリガーは『文字を読むこと』『内容を理解すること』ではなく、本そのものだと推測されます。『ページをめくる』とか『表紙を開く』といった動作に反応するタイプかもしれませんし、読み手の特徴、例えば魔力量の多寡・性別・年齢・階級等に反応して、無差別に呪いをかけている可能性もあります。ただいずれにせよ表紙を開かなければ反応しませんから、安心して下さい」

　そこまでほとんど一息に言い切ったエクシアは、アイヴァンの沈黙に気づき、はっと顔を上げる。

　アイヴァンは呆気に取られたような顔でエクシアを見ていた。

（し、しまった……！　またやっちゃった！　こういう風に相手のことを考えないで喋り散らかすから、未だに友達の一人もできないのよ！）

後悔しても、一度発した言葉は撤回できないことだけは分かっている。

恥じ入るように口をつぐんだエクシアに、アイヴァンははっと笑った。

「すごいな！　なるほど、君の友達候補たちは、その流暢な喋りの前に、尻尾を巻いて逃げるしかなかったわけだ」

「……申し訳ございません。悪癖だと、理解はしているのですが」

「それだけ本が好きなのだろう。図書館で働いている君に、今更言うことでもないが」

アイヴァンは特にエクシアを悪く思っている様子はなさそうだった。それどころか、どこか興味深そうに彼女を観察している。

「その若さでその知識量。君がかなり努力したということは分かる。私は良い人間を案内人に選ぶことができたようだ」

あっさりとした口調だったが、真心のこもった言葉だった。

エクシアは予想もしていなかった贈り物をもらったような気分になった。

(好きなことをしていただけだから、努力をしたって感じはしなかったけど……。でも、今まで私が歩んできた道のりを言葉に表してくれることが、こんなに嬉しいことだとは思わなかった)

禁書をそっと棚に戻すアイヴァンは、眉目秀麗で物腰も柔らかだ。

(初対面なのに、優しい言葉をかけてくれるなんて。不思議な人)

思っていた王族とは大分異なるアイヴァンの様子に、しばし考えを奪われていると、そのアイヴァンが懐に手をやり、小さな時計をちらりと見た。

「すまないが時間だ。地上へ戻りたい」

「は、はい」

この図書館では、来た道を辿って帰るというわけにはいかない。エクシアは千変万化する通路を見分け、図書館の入り口までアイヴァンを送った。

（案内といっても、大したものは見せられなかったけれど、これで良かったのかしら）

そう思うエクシアに答えるように、アイヴァンが口を開いた。

「明日、同じ時間にここへ来るから、また君に案内を頼めるだろうか」

「それは構いませんが」

アイヴァンはただ笑うのみだった。

重い扉を押し開けたアイヴァンに、数人の近衛兵が駆け寄って来る。

「殿下、お迎えに上がりました」

近衛兵たちの帯びた剣には、いずれも柄に獅子を模した紋章が刻まれていた。

（獅子の紋章は、王族の中でも国王陛下にのみ許された紋章よね）

その紋章入りの剣を帯びた近衛兵が、アイヴァンを迎えに来る。ということはつまり。

エクシアは心なしか手が震えるのを感じながら、尋ねた。

「……あの、もしかして、あなたは」

代わりに答えたのは近衛兵だった。

「お前は図書館の人間か。まさか気づかなかったのか？　こちらにいらっしゃるのは、アイヴァン＝ウルスラ・ノーザンクロス殿下。我が国の第一王子である」

次期国王にふさわしく、文武両道で見目麗しく、心根の真っすぐな第一王子。

エクシアもその名は知っていたが、顔までは知らなかったのだ。

（わ、私、無礼なことを申し上げてはいないかしら……!?）

恐る恐るアイヴァンの顔色を窺うエクシアだが、第一王子はただ不敵な笑みを浮かべるばかりで、感情が読めない。

（私の下らないトラウマの話なんかしちゃって、本当に恥ずかしい……。でも、明日も案内を頼まれたということは、少なくともご不興を買ったわけではないのよね？）

エクシアの疑念を払しょくするように、アイヴァンは微かに口元を緩めて言った。

「ではエクシア。また明日」

「は、はい、殿下」

少しでもまともに見えることを願いながら、エクシアは丁寧なお辞儀をした。

二章

王宮において、貴族や王族は一枚岩ではない。

現在のノーザンクロス王国の国王は、平和路線を掲げていた。国民たちの声を広く聞き入れ、自らが有する魔術の知識や技術を、積極的に他国へ伝える。

だが、その態度を弱腰と非難し、ノーザンクロス王国とその図書館が有している強大な魔術によって、他国への侵略を目論む貴族たちもいた。

アイヴァンが父王への朝の挨拶を終え、食堂へ向かおうとすると、媚びへつらうような笑みを浮かべてすり寄って来る男の姿があった。

「ごきげん麗しゅう、アイヴァン殿下！　私めも今から国王陛下に、朝のご挨拶に伺うところでした。その前にお会いできて良かった」

「ああ、デザストル公。おはようございます」

アイヴァンはいつもの社交的な笑みを浮かべる。だがその心中では、小太りのデザストル公爵を警戒していた。

デザストル公爵は、魔導書に多く用いられる染料や宝石の産地を所有しており、金持ちであると同時に野心家であった。

より多くの富と名誉を求めるデザストル公爵。

質素な出で立ちを好み、派手さを嫌う国王に挨拶をしに行こうというのに、十本の太い指全てに巨大な宝石をはめているところが、この公爵の反抗的な態度を物語っていた。

「殿下は近頃、頻繁に図書館へ足を運ばれているとか。どうでしょう、何か使えそうな魔術は見つかりましたか」

「いや、私は魔術については門外漢なものですから。今はただ、図書館の規模と歴史に圧倒されるばかりですよ」

「何しろ建国当初、千年も前から屹立する偉大な建築物――いえ、魔術機構ですからなあ。そこに収められた魔術の知識や技術は、金に換えられるものではございません」

ですから、とデザストル公爵はねっとりとした口調で言う。

「国王陛下が、知識や技術を簡単に国外に提供してしまわれるのは、少々お優しすぎると思うのですよ。殿下が国王になられたあかつきには、もっと図書館の規制を強化してもらわなければなりませんね」

「規制、ですか」

「ええ、これ以上知識を流出させないよう、我らの手で食い止めねばなりません。取り急ぎあの大きな顔をした図書館長を廃し、より厳格で国のことを考えている人間をトップに据えるべきでしょうな。そうしなければ、我が国の知識を虎視眈々と狙う国々から、我が国を守ることはできない」

これが本音なのだ、とアイヴァンは心中でため息をつく。

「私たちは、他国と剣を交えることを恐れてはなりません。私たちの祖先が築き上げたこの国を守るためならば、図書館の知識や技術をより有効活用するべきです」

「公のお考えも分かりますが、戦争となれば莫大な金がかかるものです」

「戦争、とまでは申しておりませんが、必要とあれば強硬な態度に出るべきでしょうな」

白々しい物言いにアイヴァンは呆れる。

戦争となれば魔導書が多く生産される。そうすれば、魔導書に使われる材料の産地であるデザストル家は特需に栄え、発言力も大きくなるだろう。

この小太りの男は、それを狙っているのだった。

アイヴァンは父王がどれほど心を砕いて今の平和を維持しているか、よく知っていた。様々な苦難に耐え、根気強く他国との交渉を重ね、ようやく戦火のない二十年を過ごすことができたのだ。

それを、貴族の私利私欲のために台無しにされることだけは、避けたかった。

「デザストル公。父は戦争を好みません」

「存じ上げております。だが国王陛下も、必要とあれば剣を取られるでしょう」

「その必要が生じないように、私たち王族は日々忙しく動き回っているのですよ」

あくまで穏やかな口調を崩さずに言い残すと、アイヴァンはさっさと廊下を歩きだした。

「ああ、殿下！　今度の舞踏会には、我が娘も参加させて頂くことになりました。その際はどうぞ、ダンスのお相手をして頂きたく……！」

全てを言い終わるより早く、アイヴァンは角を曲がって姿を消した。

足早に食堂へ向かうその道中、壁に飾られた鏡に映った自分の顔を見て苦笑する。苛立ちを露わにした顔は、王族が人前ですべきものではない。

穏やかで、けれど侮られないよう権威を持ったいつもの表情を作り直し、アイヴァンは呟いた。

「早く〝彼女〟の遺したヒントを見つけなければ」

そのためにも図書館通いは欠かせない。

図書館でアイヴァンを待っているであろう『魔術師』のことを思い出すと、アイヴァンの口元は自然と緩んだ。

書架の狭い隙間を器用に縫って歩く小柄な体に、ふわふわの愛らしい赤毛。人見知りゆえか、濃いブルーの瞳と視線が合うことは滅多にないが、本のことについて語る時には、その目がきらきらと輝くのをアイヴァンは知っている。

人嫌いで頑固な性格なのかと思いきや、アイヴァンが足しげく図書館に通い、エクシアが読みたくても読めなかった本を王族特権で見せてやると、あっさり懐かれた。

エクシアの目的はあくまで本。アイヴァンが第一王子であることや、それにまつわる権力のあれこれには、全く興味がないらしい。

それがアイヴァンを安心させてくれる。少なくともエクシアの前では、王族らしい振る舞いはしなくていいし、利害関係を気にしなくて済む。

「それがどれだけ安らぐことか、あの小さなはりねずみは知らないだろうがな」

そう独り言ちると、アイヴァンは再び王宮の廊下を進み始めた。

その日も、アイヴァンとエクシアは図書館で会う約束をしていた。

アイヴァンの予定は分刻みだが、時折ぽっかり空くこともあるのだという。そのような時はエクシアに精霊便を飛ばして、予定の調整を進める。

よほど急ぎの仕事が無い限り、エクシアはアイヴァンと会う方を優先していた。アイヴァンの方が多忙だということもあるし、自分では見られない本を見たいという下心のためでもある。

約束の時間が近づき、エクシアは仕事部屋を出て三階に向かった。

三階の閲覧スペースでは、アイヴァンが一人で腰かけていた。図書館内を歩む人々の姿を、見るともなしに眺めているようだ。

(ああやって人の動きを眺めるのって、結構楽しいのよね。回遊する魚を眺める時に似てる。思考がぼうっと輪郭を失って、あちらこちらに引き伸ばされてゆくのが分かる感じ)

アイヴァンも同じ感覚を味わっているのだろうか。

そんな想像をめぐらせながらそろそろ声をかけようか、と思った時、アイヴァンの目の前を何体かのオートマタが通りすぎて行った。いずれも重たそうな石板を背中に背負っている。

「器用なものだな。あんな重い物を運んでも落とさないのか」

アイヴァンがそう呟くと、一体のオートマタが、アイヴァンの前で立ち止まった。小首を傾げてアイヴァンの顔を見上げている。

『び、び』

(あの声は、ビビね。アイヴァンの顔を覚えているから止まったのかしら)

アイヴァンは訝しむように首を傾げたが、ビビの識別番号を見て分かったらしい。

「88B……ああ、エクシアと親しくしている個体か」

『びっ』

オートマタはルビーの目を明滅（めいめつ）させると、しげしげとアイヴァンを見つめた。

「今エクシアと待ち合わせしているところなんだ。私が一人でいてはまずいか？」

『びーび』

「ふむ、何を言っているかさっぱり分からん。しかし君は他（ほか）の個体に比べると随分軋（ずいぶんきし）むんだな。ちゃんと関節に油を差しているか？」

　ビビと真面目（まじめ）に会話するアイヴァンは面白（おもしろ）くて、もっと見ていたかったが、そろそろ声をかけても良いだろう。そう思ってエクシアは口を開く。

「その子はなぜか油を差しても軋んじゃうのよ」

　アイヴァンが立ち上がる。王族を待たせてしまったことについて、まずは謝るべきだろう。

「こんにちは、アイヴァン。待たせてしまってごめんなさい」

「油を差しても軋んでしまうとは、体を変えた方が良いのではないか？　図書館内で軋む音がするとうるさいだろう」

「音を立ててくれた方がありがたいって人もいるのよ。皆（みんな）本に夢中で前を見てないから、オートマタがあまりにも静かすぎると、間違（まちが）えて蹴飛（けと）ばしちゃうこともあるの」

　そう言うとエクシアはオートマタの前にしゃがみ込み、指先に赤い魔力（まりょく）を灯（とも）して与（あた）えた。

「ビビ、お仕事頑張（がんば）ってね」

ビビは、びしっと足を上げると、仲間たちの後を追って走り出した。それでも背中の石板がびくともしないのは、さすが図書館の技術である。

『びっ！』

「魔力をやるとは、随分あの個体を可愛がっているんだな」

「なぜか懐かれてる気がするのよね。それに、あの子どこか抜けてる感じがして、可愛いじゃない？」

アイヴァンはにやりと笑った。

「はりねずみと蜘蛛が仲良くなる童話が昔あったよな」

「あったけど……。また人のことはりねずみって言う」

「褒めてるんだよ。はりねずみは、木の間をちょこちょこ歩き回る、小さくて賢くて可愛らしい生き物だろう」

「その代わり、棘があるから近づいてくる人もいないけどね」

「賢くて可愛いことは認めるわけだ」

「『魔術師』を名乗る以上、最低限の賢さはあるつもり。可愛さは……まあ、あなたにとっては小さいものは全部可愛く見えるんでしょ」

言い返したエクシアは、自分が第一王子とこれほど気安く口を利いていることが、未だに信じられなかった。

エクシアがこうしてアイヴァンに図書館を案内するのは、もう十回を超えている。

丁寧な言葉遣いを心がけていたエクシアだったが、アイヴァンが何度も敬語を取るように言うので、根負けしてその通りにした。

最初の方こそ、王族相手に敬語を使わないことへのためらいはあったが、敬語を使うとアイヴァンがつまらなそうな顔をすることに気づいてからは、気にしないでいることにした。

もちろん、図書館の外に出て、護衛の近衛兵たちがいる前では、身分をわきまえ、礼儀正しく振る舞っている。だが図書館というエクシアのテリトリー内では、二人は飾らない会話を好んだ。

(第一王子相手にこんな話し方ができるなんて、自分でもびっくりだけど……。でもきっと相手がアイヴァンだからでしょうね。王様になる人は、やっぱり人心掌握？　っていうのが上手いんだわ)

「さて、今日はどこを案内してくれる？」

「この間は地下七階に行ったのよね。だから今日はもう一つもぐって、地下八階にある感情の棚の辺りはどうかしら」

「そこには君の見たい禁書が唸るほどあるのかな？」

エクシアの下心などとっくにバレている。だからエクシアも、悪びれることなく、見たい禁書を指折り数える。

「私が見たいのは『カロスの石板』と『緋色の巻物』かしらね。どちらも凄く興味深い素材で作られてるっていうし、魔術的な価値も高い。――でも、相変わらずあなたが何を探しているかは教えてくれないのね」

「俺はただ図書館のことを知りたいだけだよ」

「ふうん？　なら、そういうことにしておきましょうか」

「それが良い。知らない方が良いこともあるんだ。王宮は最近物騒だからな」

二人はエクシアの先導でゆっくりと歩き出す。

「デザストル公爵を知っているか？」

「デザストル領主でしょう。魔導書に必要不可欠な染料や素材が多く採取できる場所で、特にラピスラズリやピジョンブラッドのような宝石類は、ほとんどデザストル領で採掘されるって聞いてる」

「魔導書関連の収入で、近頃は大分羽振りが良いらしい。だが彼は、自分の財布をもっと太らせたいらしくてな」

「……どういうこと」

「戦争を始めたがっている。具体的に言うと、戦闘魔術に関する魔導書に使う素材を高く売ることで、懐を潤したがっている」

エクシアはため息をついた。

「次の展開は読めてる。だから図書館に、他国の侵略に使えそうな魔導書を差し出せ、とかいうんでしょ。効率的に税金を取る方法とか、相手の防御を掻い潜って攻撃を届かせる方法とか、時間を巻き戻して失敗に終わった作戦をなかったことにする方法とか、そういうのが知りたいわけよね」

「さすがは『魔術師』。先の展開を読むのは得意分野か」

「繰り返されてきた議論なだけよ」

図書館と王宮は、ここ五十年ほどは対立関係にある。図書館は独立を保ちたいが、王宮は図書館の知識や技術を自由に使いたい。両者の思惑がぶつかりあっている。

「ねえ、ミルカ・ハッキネンというひとを知っている？」

「当然だ。彼女は百年前の王妃だろう。家系図で言えば俺の祖先だ」

「そう、王妃でありながら、図書館長も務めたひと。今では図書館と王宮は対立気味だけれど、両者が手を取り合っていた頃もあったのよね」

ミルカ・ハッキネンは、他国との戦争を止めるために戦い、命を落とした。彼女は国民だけではなく、ノーザンクロス王国内にある図書館をも戦火から守ったので、図書館においては守護聖人のように扱われている人物だ。

「彼女の名前は王宮でもよく知られている。王宮に様々な調度品や美術品を持ち込み、流行を作った才女として名高い」

「センスが良かったのよね。ミルカが遺した写本がいくつかあるけれど、どれも素晴らしい出来だった。平和と本を愛した彼女の名に懸けて、私たち図書館の人間は、ここの魔術を戦争なんかに使わせない」

いつになく強い口調で宣言するエクシアに、アイヴァンは安堵したような表情になった。だがそれもつかの間、すぐに唇を引き結び、第一王子としての使命感を帯びた顔になる。

「当然だ。……だから、どうにかしてデザストル公爵の企てを阻止しなければ」

エクシアはちらりとアイヴァンの横顔を見た。

(きっとアイヴァンが探しているものは、デザストル公爵の戦争をして私腹を肥やしたいって企みを打ち砕くためのものなんじゃないかしら？　だけど、そんなものが図書館にあるなんて聞いたことがない。複雑な状況を一気に解決してしまうような、夢みたいな魔導書があるとかかしら……？)

それはどんな材質でできた書物なのだろうか。あるいは石板、もしくは木簡に書かれたものかもしれない。図書館に収められる形であるなら、エクシアは何だって興味がある。

「ああ、そう言えば君のことを王宮で聞いたよ」

「王宮で？　どうして？　な、何か悪い噂でも……!?」

「違う。君の写本が見事だという話だ。王宮の植物園に、病気になった林檎の木があったんだが、それを君が写本した魔導書で見事に治療できたのだと聞いた」

「確かに、前に植物の病気を治すための魔導書を写本したけど」

「あの林檎の木は同盟国から贈られた特別な品で、枯らすわけにはいかなかったんだ。とても助かったと宮廷魔術師が言っていたよ」

宮廷魔術師とは、王宮専属の魔術師のことだ。魔術を用いて王族を助けることを生業としており、図書館の『魔術師』のような資格職ではない。

その魔導書の原本は、見た目はとても簡素で、最低限の素材しか使われていなかった。しかし肝心の中身が物凄く濃密で、エクシアが珍しく知恵熱を出してしまうほど、難解な魔導書だった。

しかも原本はこの図書館に長く置いておけず、持ち主のもとへ早く返す必要があったため、なおさら大変だったのだ。

「原本の魔導書が良かっただけでしょう。私の手柄じゃないわ」

「もちろん元の魔導書も優れていたのだろう。だがその優れた魔術をこの国に保管し、役立てられたのは、君の腕があったからだ」

魔導書の写本というのは、一言一句違えずに書き写せばよいというものではない。

何がその魔導書の効果を発揮させているのか、それを知らなければ、ただの文字の書き写しになってしまうし、元の魔導書の劣化版となってしまうのだ。

重要なのは本の素材なのか、中身なのか、文字の並びなのか。それらを見極め、勘所を押さえた写本を行わなければ、原本とそっくり同じ効果を持たせることはできない。

「君の写本は、原本と違わぬ効果を持つことで有名なんだろう？　君は『魔術師』としての才能があるんだな」

「いつも思うけど、アイヴァンは持ち上げすぎ。私と同じくらい写本ができる人はいっぱいいるし、私にそれだけの才能があったら今頃『上級魔術師』試験に合格してるはず」

「ああ、二回落ちたっていう？」

「そ、それは言わないで」

連続不合格を食らった心の傷は、まだ癒えていないのだ。

「落ちた理由は何なんだ？」

「面接だって。でも図書館長は、具体的にどこが駄目だったのかは教えてくれなかったけど」

アイヴァンはふむ、と考え込むような顔をしていたが、唐突によそ行きの笑みを浮かべて手を振り始めた。

（な、何⁉）

「やあクリスティン！　元気にしていたかな」

「ああ、殿下。今日も図書館通いですか」

図書館の『魔術師』だ。三十代の男性で、エクシアもたまにすれ違うことがある。

アイヴァンは彼に近づくと、親しそうな笑みを浮かべて尋ねた。

「この間言っていた、蜂のダンスに関する書籍の研究は進んだかい」

「ええ、あれから進展があったんですよ！　蜂のダンスを譜面で表している巻物が東洋にあって、それを読むことができたんです。ただその譜面の解読も難しそうなのですが」

(東洋の譜面……)

エクシアは、二人が親しそうに言葉を交わすのをじっと聞いていたが、やがておずおずと口を開いた。

「あ、あの、東洋の譜面って、音符ではなく文字を用いるものですよね？」

「そうです。その文字の解読がなかなかはかどらず」

「二階の麒麟の棚の五番目、三七九番にある『音琴入門』という書物が役立つかもです。あの巻物には、初心者を補助する役目があって、文字を音符に翻訳してくれる術式が込められているので。も、もちろん先輩はもう読んでいると思うんですけど！」

エクシアの言葉に、クリスティンは一瞬呆気に取られたような顔をしていたが、

「『音琴入門』か……。それは読んだことがありませんでした。文字を音符に翻訳してくれるとはありがたい」

と答えた。

「あの、でも、完璧な翻訳じゃないみたいなんです。補助的に使う分には、問題ないかと思うんですけど」

「補助的で十分です。いや、良いことを聞きました。ありがとうミス・フィラデルフィア！」

　クリスティンはいそいそと二階の方へ向かって行った。

「さすがは最年少『魔術師』だけのことはある。先輩にアドバイスするとはな？」

「偶然知ってただけ。それよりもアイヴァンが、あの人の研究テーマを知ってたことの方が驚きよ。あの人の顔は何となく知ってたけど、名前も研究テーマも知らなかった」

「せっかく我が国が誇る頭脳がこの図書館には揃ってるんだ。立ち話くらいするだろう。まあ大体嫌な顔をされるけどな。研究テーマまで話してくれたのはクリスティンくらいだ」

　王宮と図書館は対立しているので、図書館の住人たちは、王宮を毛嫌いする者も多い。アイヴァンと歩いていると、すれ違う人間が露骨に視線を投げかけてくるくらいだ。

「それでもめげずに話しかけるなんてすごい。それに、王宮でも色んな人と会うんでしょう？　皆の話を全部覚えてるの？」

　アイヴァンは笑って頷き、事もなげに言った。

「それが国王になるということだ」

（何気なく言うけど、やっぱりすごい……。私は同じ図書館に勤めてるのに、あの人の名前さえ知らなかった。知ろうともしなかった。向こうは私の名前を知っていたのに）

何だか自分がとても子どもっぽく感じられて、エクシアは俯いた。

（面接で落ちたのって、もしかしてこのせいかしら。人のことを知ろうとしなすぎた？でも、写本をするのに人と話したり議論したりするのって、本当に必要なのかしら。本を読めば全部解決するんだし、わざわざ人と話す時間がもったいなくない？）

悶々と考え込んでいると、アイヴァンがエクシアの顔を覗き込んできた。

「大丈夫か？　そろそろ先へ進みたいのだが」

「あ、ええ、大丈夫よ。行きましょ」

エクシアは地下八階へ向かうためのルートを考えながら歩き始めた。

地下二階へ降りる所で、遠くで重いものが落下するようなドォンという音が聞こえた。

（階段が動いた……ってことは、この先のルートは使えないから、迂回して横穴を通ろう）

そう思いながら右へ曲がると、ローブを着た女性と出くわした。派手な金髪の女性は、何度かすれ違ったことのある『上級魔術師』だった。確か、アナベルと呼ばれていたような気がする、とエクシアは思い出す。

「あ。横穴使おうとしてる？」

「は、はいっ」

「止めといたほうがいいかも。掃除中みたいで、めちゃくちゃ汚かった」

「そ、そうですか。……教えてくれて、ありがとう、ございます」

ぼそぼそと礼を言うと、アナベルはにっこり笑って、

「図書館内はルート変わりまくるし、情報交換は必須でしょ！　気にしないで！」

と去っていった。

「横穴が使えないとなると、地下一階まで戻らないといけないかも」

「図書館散策も大変だな。ただ図書館を利用したいだけの一般学生はどうしたら良いんだ」

「一階から三階までは一般開放されてるから安心して。会議室や自習室は普通に使えるし、罠なんかもないから」

　歩き出そうとするエクシアの脇腹を、アイヴァンが突く。

　彼の視線の先を見れば、エクシアと同じ横穴を通ろうとしている初老の『魔術師』の姿があった。　エクシアは迷う。

（横穴は掃除中で汚いからやめた方が良いって言った方が良いかな？　でも、急いでたら多少汚くても良いって思ってるかもしれないし……）

　悩んでいる間も『魔術師』はすたすたと行ってしまう。

「あ、あの！」

「何か？」

　振り返った『魔術師』は不機嫌そうで、エクシアは一瞬言葉を失った。だが、話しかけた以上は言葉を続けなければ。

「よ、横穴、掃除中だそうで、汚いって、あの、言われました」

「ああ……。まあ、多少汚いくらいなら何とかなるだろ」

そう言うと『魔術師』は横穴に行ってしまった。はあ、とため息をつくエクシアを、アイヴァンは苦笑しながら労う。

「頑張ったな。声かけるの、勇気がいっただろ」

「……別に。業務連絡くらいなら、できるもの」

(ほんとは、結構緊張した。でもこれをアイヴァンはずっとやってるのよね)

嫌な顔をされるかも、拒絶されるかも、自分のことを受け入れてもらえないかも。

そういった恐れなど、彼はもはや感じないのかもしれない。

と、アイヴァンがエクシアの背中をぽんっと叩いた。それは励ますような、よくやったとでもいうような優しさが含まれていて、エクシアはアイヴァンの面倒見の良さに心の中で拍手を送った。

(第一王子って、もっと高飛車な感じだと思ってたけど、アイヴァンは何だか違う)

だが、近衛兵と接するアイヴァンは、第一王子らしい威厳に満ちていて、エクシアの前で見せるような面倒見の良さはない。

他人との距離感を自在に調節できるのは、アイヴァンの才能とも言っていい長所だが、それで彼は良いのだろうかとエクシアは思った。

（本当のアイヴァンはどっちなんだろう）

エクシアがそう考えていると、アイヴァンが諭すように言った。

「エクシアには才能がある。魔導書に関する知識だって、年上にアドバイスできるくらいなんだから、相当なものだろう？」

「皆が人付き合いに使ってる時間を、本を読むのに使ってただけ。凄いことじゃないわ」

「だったら、それを皆に共有するのも大事な仕事だと思うぞ。まあ、今は俺の案内をしてくれると助かるんだがな」

アイヴァンの言う通りだ。『魔術師』として、図書館を案内するのが、今エクシアが優先すべきことである。

気合いを入れ直したエクシアは、張り切って一歩を踏み出した。

それからもアイヴァンはちょくちょくお節介を焼いた。

今までエクシアは見たこともなかったが、一階の掲示板をこまめに覗いては「今度ノーザンクロス語辞書についての読書会があるらしいな。辞書の読書会ってどんな感じになるんだ？」とか「製本について、皮なめし職人を招いて講演会が開かれるらしいぞ」と情報を仕入れてくる。

　エクシアは右から左へそれを聞き流していたが、それを見て取ったアイヴァンはアプローチを変えてきた。

　ある日、星見表に関する勉強会のチラシを持って来ると、

「これに出てみたいんだが、さすがに王族がふらりと行っても門前払いを食らうだろう。一緒について来てくれ」

　などと言い出した。

「ええー……。星見表の勉強会なんて、星見が好きな『魔術師』しか来ないでしょ。すごくマニアックな人たちが来ると思うわよ」

「だからこそ面白いんじゃないか！」

　かくしてエクシアは、今まで一度も出たことのない図書館のイベントに出ることになったのだが。

　図書館の一階にある会議室に入ると、十を超える視線がエクシアとアイヴァンに注がれた。

　集まっているのは『魔術師』が七人と『上級魔術師』が二人、それから外部の研究者と思しき男性が三人という顔ぶれだった。

（何度か売店で見かけた人もいるし、たまに誰かと大声で喧嘩してる人もいる……。それ

に、皆がこっちを見てる……。そりゃあいきなり王族が参加したら、びっくりするだろうけど！　緊張する！）

椅子に座り、配られたレジュメを凝視することしかできないエクシアだった。

しかし、勉強会は存外和やかな雰囲気で始まった。

「今日初めていらしたのはミス・フィラデルフィアと、そちらの王族の方だね。良ければ星見表の何に興味を持ったのか、教えてくれませんか」

答えたのはアイヴァンだった。

「星見はかつて政治と深く関わりがありました。今でこそ星見の技術は王宮ではすたれていますが、星見によって物事を決めていたという事実は変わりません。その歴史を知ることで、今後の政治に活かせないかと若輩ながら思った次第です」

優しい物腰と謙虚な言葉は、図書館の『魔術師』たちがアイヴァンに抱いていた敵意を弱めることに成功したようだ。彼らは親身に星見のことを教えた。元より自分の知識を喋りたい者が集まっているのが図書館という場所であることは、エクシアが証明している。

一方のエクシアは、初めこそ気乗りしなかったが、いつの間にか専門外の知識を得られる喜びに胸をときめかせていた。小さな手をびしっと挙げて質問する。

「星辰の動きと大地は相関関係にあると考えて良いんですよね。その真ん中に私たち人間がいて、魔術を使っている。ということは魔術も星の動きに影響を受けると思って良いのでしょうか」

「それについては諸説ありまして」

説明は初心者にも分かりやすく、エクシアはすんなり星と魔術の関係を飲み込むことができた。

「私は写本が専門なのですが、星辰の動きを魔導書に反映させることは可能だと思いますか？　魔術の効果を高めるために星見表を表紙にするとか」

「しかしそれでは魔術が星に引きずられてしまう。コントロールができない」

「ならば制御できるよう、装丁や中身を変えるというのはどうでしょう。例えば……」

エクシアが述べたアイディアは概ね平凡なものだったが、星見専門の学者がおっという表情になる意見もあった。

すかさずアイヴァンが、

「どうでしょう、今のは実現の可能性が高い意見なのでは？　改善点はどこでしょう」

とアシストし、議論は進んでいった。

こうして三時間の勉強会はあっという間に終わり、エクシアは頰を紅潮させながら、たくさんの書き込みがされたレジュメを満足げに見つめた。何人かの『魔術師』や学者が、製本できたらその魔導書を見てみたいと言ってくれたので、精霊便の宛先を交換した。

（面白かった……！　いつもみたいに前のめりに話しても引かれなかったし、むしろ豊富

な知識で門外漢の私を受け止めてくれたって感じがして、頼もしかったな）

抜かりなく他の『魔術師』たちと挨拶していたアイヴァンが、エクシアのもとに戻って来る。

「どうだった？　俺は面白かった」

「私も面白かった！　製本のアイディアもいくつか浮かんだわ」

「それは良かった。俺も、図書館から搾取するばかりが王族ではないと分かってもらえたようだったし、図書館の持つ知識の凄さを改めて感じることができたし、有意義だった」

（そうか、アイヴァンは王族の印象を少しでも良くしようと思って、この勉強会に参加したのね……。さすが、抜かりないわ）

アイヴァンの言う通り、関係性を良くすることには成功したようだった。

最初はアイヴァンを馬鹿にしていた『上級魔術師』も、

「殿下は王族にしておくにはもったいないほどの頭脳の持ち主だ。王族とは頭の中に香水とドレスと酒しか詰め込んでいないと思っていたが、なかなかどうして侮れん！」

と喜びの唸り声を上げていた。

しかし、一人の『上級魔術師』だけは渋い顔をしていた。イオと呼ばれている壮年男性で、アイヴァンの耳に心地好い言葉を聞いても、にこりともしない。

「どうだかな。賢さの欠片くらいはあるかもしれないが、そのなけなしの知恵でもって、俺たち図書館の人間を懐柔しようとしているだけかもしれんぞ」

聞こえよがしに言われた言葉に、アイヴァンは苦笑するだけで反論はしなかった。

会議室を出て、玄関に向かう。既に三時間が過ぎており、アイヴァンの限られた時間はとっくに使い果たしていた。

（さっきまでがとても楽しかったから、アイヴァンと別れるのがちょっとだけ名残惜しい。友達ができるってこんな感じかしら）

エクシアがふわふわした気持ちでいると、アイヴァンが口を開いた。

「それにしても君は、キャリアの長い学者相手でも、互角に議論できるほど知識が豊富なんだな」

感嘆の声を上げるアイヴァンだが、エクシアは笑って頭を振る。

「マニア同士、たまたま意見が合っただけ。……それより、誘ってくれてありがとう。勉強会がこんなに面白いなんて思わなかった！」

嬉しそうにはにかむエクシアは、髪を少し乱し、頬を上気させて興奮気味だ。

それをアイヴァンが目を細めて見つめる。

「寝る時間を削ってでも図書館へ来た甲斐があった。また面白そうな会があったら教えてくれ……と言いたいところだが、少し王宮の方の仕事が忙しそうでな。しばらくは図書館に来られそうにない」

「分かった。第一王子様だものね、きっと仕事は山積みでしょう」

そう言ってエクシアは頷いたのだが、今までの顔がほてるような嬉しさが少し弱まっていることに気づいた。

（そっか、アイヴァンはしばらく来ないのね。……何だかつまらないな）

明日も遊べると思っていたのに、肩透かしを食わされた子どものような気分で、エクシアはアイヴァンを見送った。


『すまないが、王宮の方の仕事があって、しばらくは来られない』

そう告げられてから、もう二週間が経った。

エクシアはやりかけの写本の上に屈みこみ、一言一句間違えないように慎重に文字を刻んでいた。いつもなら続けて五時間はできるのに、今日は一時間ごとに顔を上げて時計を確認してしまう。

（アイヴァンがいないのが普通だったのに、二週間来ないだけで何だか妙に落ち着かない）

集中できない状態で仕事に取り掛かってもミスが増えるだけだ。

エクシアは仕事部屋から出て、気分転換に本を読むことにした。一階のメインフロアに行けば、エッセイや小説などが並んでいる棚があるので、そこから何冊かみつくろう。

メインフロアは座席や勉強スペースもあり、ノーザンクロス王立学園の学生たちも利用する場所だ。女生徒たちが肩を寄せ合い、声を落として話している。

だが、静かな場所でのひそひそ声は、存外遠くまで聞こえてしまうもので。

「ていうか聞いた？　アイヴァン殿下の婚約者選び！」

「聞いた聞いた！　王宮の方では毎晩舞踏会らしいね」

「招待状もかなり絞られてるんでしょ？　メリッサ伯爵家とかキートス公爵家は呼ばれてないらしいよ」

「えっ、そこ呼ばれないって凄くない？　アイヴァン殿下と年齢が近いご令嬢がいるはずなのに……。確かに大分絞られてるね」

「このままデザストル公爵家のレベッカ様とゴールインじゃない？」

「まあその線が妥当でしょうね。最初のダンスのお相手もいつもレベッカ様だっていうし」

別に聞き耳を立てていたわけではない。だが聞こえてしまったのだ。

(そっか、アイヴァンももう二十二歳。結婚するには良い年齢だものね……。でも、デザストル公爵って、戦争をしたがってるからアイヴァンとは反目してるはずよね。結婚は対立を和らげるためのものなのかしら)

王族にとって婚姻は道具の一つに過ぎない。

そう理解していても、エクシアの心はなぜか曇り模様だ。

（結婚しても、図書館に来てくれるかしら。いえ、自分で『上級魔術師』になって、見たい本を見ればいいだけの話なんだけど、それだけじゃなくて……。アイヴァンと話すの、楽しいから）

アイヴァンは相手の良いところを見つけるのが上手かった。

（彼と話していると、自分が何だか良い人間になったような気分になる。あれをカリスマっていうのかも）

きっと彼はその長所を色んな人のために使い、人々の感情をも良い方向へ導く名君となるだろう。

（……そんなアイヴァンが選ぶ婚約者って、どんな人なのかしら）

当然、ノーザンクロス王国の中でも美しく、家柄の良い娘たちが候補に挙がっているのだろう。幼い頃から貴族の何たるかを叩き込まれた彼女たちであれば、厳しい階級社会も虚礼だらけの社交界も、見事に生き抜いていけるに違いない。

（その人たちが、アイヴァンを支えてくれることを祈るわ）

エクシアはアイヴァンと接する中で、王であることは孤独であることなのだと薄々気づき始めていた。

弱みを他人に見せられない。それだけではなく、常に強くあり続けなければ、その地位を追われる可能性がある。

いつも整っている身だしなみは、付け入る隙を与えないためだし、仮面のように完璧な笑みを浮かべているのは、友好を装って相手を値踏みしているからだ。

そうしてしたたかに王宮で生きているアイヴァンが、図書館にいる時だけは少しだけリラックスしているのを、エクシアは感じ取っていた。

(私は王宮の利害関係者じゃないし、アイヴァンを陥れようとか取り入ろうとか考えてないものね。意外とアイヴァンの周りにいないタイプなのかも)

友人もろくに作れない、写本だけがとりえの娘というのは、アイヴァンにとっては物珍しい存在なのかもしれない。いずれにせよ、エクシアはアイヴァンには幸せになってほしいと思う。

だから、彼の花嫁になる人について、勝手に色々想像を巡らせてしまうのだった。

それから一週間後、久しぶりに会ったアイヴァンはどこか晴れやかな顔をしていた。

「久しぶりだな、エクシア。ようやく用事が終わったよ」

「それは良かった。きっと良い婚約者が見つかったんでしょうね」

エクシアの言葉に、アイヴァンは首を傾げた。

「婚約者？　なぜそんな話になる？」

「婚約者選びをしていたんじゃないの？　噂が流れてたわよ」

「友達のいないエクシアの耳にも入るなんて、根も葉もない噂のわりにしぶといな。別に婚約者を選んでいたわけではないよ」

　もっとも、とアイヴァンは困ったように笑う。

「デザストル公爵は、ご自身のご令嬢を俺に嫁がせたくて仕方がないようだが」

「彼女が候補者の中でも抜きん出てるって聞いたわ」

「それは周囲にそう思わせたいデザストル公爵の作り話だ。君ともあろうひとが、そんな話を信じないでくれ」

「ごめんなさい」

　エクシアは素直に謝った。

（でも、私が言いたいのは、こんなことじゃない気がする）

アイヴァンが誰と婚約しても、それほど気にならない。エクシアが気にしているのは、アイヴァンがこれからも図書館に来てくれるかどうかだ。

（私じゃ読めない本も、アイヴァンと一緒なら読める……って理由もあるけど）

「ねえ、もし婚約者ができても、こんな風に図書館に来てくれる？」

「それは……もちろん。よっぽど味を占めたな。俺と一緒なら、色んな魔導書が読めるもんな？」

からかうように言うアイヴァンに、エクシアは生真面目な顔で頷きながら、

「ええ、それもあるんだけど、あなたと話すのは楽しいから」

と訴える。

「だから、あなたが忙しいのは分かっているし、自由な立場でないことも承知しているんだけれど……。時々でも良いから図書館に来て、私と話してくれたら嬉しい」

アイヴァンは一瞬驚いたような顔になったが、すぐにぱあっと明るい表情になった。それを隠すように、右手で口を覆う。

「なるほど。随分とまあ情熱的な……。ああいや、無自覚なんだろうけど」

「どういうこと？」

「こちらの話だ。そうだ、そういうことなら良い案があるぞエクシア。君が俺の婚約者になってくれれば、俺はデザストル公爵の勧めを断るために時間を割かなくて済む。君もこの図書館の本を自由自在に読むことができるし、俺ともたっぷり話せる。いいことずくめじゃないか」

「私がアイヴァンの婚約者になる……？」

小さく繰り返したエクシアは、やがてくすくす笑い出した。

「アイヴァンも面白くないジョークを言うことがあるのね？」

アイヴァンは笑っているエクシアの顔をしばらく見つめていたが、ややあってむすっとした顔になる。

「少しは照れたり喜んだりしてくれても良いんじゃないか？」

「だってありえなすぎるもの。鳥は海を泳がないし、魚は空を飛ばない。私はあなたの婚約者にはならない」

「どうして」

「だって私は図書館の『魔術師』だし。本を読んで、写本をするしか能のない人間が、未来の王妃になるなんて考えられないわ」

「ミルカ・ハッキネンという前例があるだろう。図書館長でありながら王妃になった傑物だ」

そう言うとエクシアはますますおかしそうに笑い、

「あんな凄い人と私を一緒にするなんて」

とアイヴァンを一蹴してしまった。

「きっと疲れているからそんなおかしなことを言うのよ。図書館探索をさっさと終わらせて、今日は早く休んだら」

どこに行きたい？　と尋ねるエクシアに、アイヴァンは初めて具体的な場所を挙げた。

「図書館南棟の、左から三番目の部屋に行きたい」

エクシアは唇を引き結び、それから慎重に尋ねた。

「——その場所の意味を分かって言っているのよね？」

「ああ。そこは図書館にとって特別な場所だろう。『真珠の部屋』と呼ばれている」

具体的な名を挙げられて、エクシアは目を伏せる。

『真珠の部屋』。それは百年前の図書館長ミルカ・ハッキネンの私室であり、図書館における聖地のような場所だった。

（アイヴァンは図書館に馴染んできたけれど、王宮の人間……。『真珠の部屋』に通しても良いものかしら？　でも場所はもう知っているし、あの部屋の特徴を考えれば、私が止められるものではないのかもしれない）

そう考えたエクシアは顔を上げた。

「いいわ。案内してあげる」

ミルカ・ハッキネンの私室であった『真珠の部屋』は、図書館の書棚からは少し離れた場所にある。石造りの塔に近い場所で、やけに道幅の広い廊下があてどなく続いている。

恐らく魔術によって空間を広げられているのだろう。消失点が見えるほど続く廊下の果たしてどこまでが虚構なのか、エクシアは知らない。

『真珠の部屋』の入り口は簡素な木の扉で、とてもかつて図書館長を務めた者の部屋とは思えない慎ましさだ。

しかし、その扉には特殊な魔術が施されていた。

「ここが『真珠の部屋』。でも魔術がかかっているから、限られた人しか入れない」

「王族も立ち入り禁止なんだろう？　どんな条件を満たせば入れるんだ」

「誰かのために生きることができる人、と言い伝えられているわ」

エクシアはそう答え、どこか苦い表情で扉を見つめた。

「私はここに入れない。——誰かのために生きることができる、という条件からは外れてしまうみたいね」

「俺も、その条件を満たすかどうか自信はないが、やってみよう」

アイヴァンはドアノブに手をかけ、力を込めて押した。

ギギ、と重い音を立て、扉は呆気なく開いた。

「開いた！」

「嘘……」

アイヴァンはいそいそと中に入る。エクシアは信じられないものを見るような顔で、扉を潜り抜けようとしたが、見えない膜のようなものに弾かれて、入室することはできなかった。

悔しさを噛み締めつつ、戸口から中の様子を窺う。

中はしんと静まり返っている。濃い緑色の壁紙に、座り心地の良さそうなビロード張りのソファ、白いカバーのかけられた天蓋付きのベッド、書見台に写本用の作業机。何脚か置かれた椅子に埃一つ見当たらないところを見ると、誰かが定期的に掃除しているのか、あるいは魔術の効果によって保たれているのか。

意外なことに本の類は見当たらなかった。ミルカ・ハッキネンの所有していた本は全て、図書館に寄贈されたのだろう。

アイヴァンはあちこち見て回っていた。何か探しているようだったが、エクシアの頭にはあまり入って来なかった。

（私が入れなかった『真珠の部屋』に、アイヴァンはあっさり入ることができた。ということはつまり、アイヴァンは誰かのために生きることができる人だと、ミルカ・ハッキネンが認めたことになる）

正直に言って、エクシアは、アイヴァンが図書館を訪れるのは、何か自分が有利になるような魔術を探しているからだと思っていた。私利私欲のために魔術を欲しがっているのではないかと疑っていたのだ。

（王宮の人たちは皆権力争いに汲々としていて、自分のことばかり考えているのだと思っていたわ。でも、アイヴァンは違う。この人はいつも皆のことを考えている。そうして、

善き王になろうとしている）

アイヴァンはいつもエクシアを助けてくれる。

それだけではない、ニュースや新聞などから聞こえてくるアイヴァンの評判はいつも素晴らしいものばかりで、彼が国王の座に就くことに反対する者は誰もいない。

あのデザストル公爵でさえも。

図書館の人間たちも、アイヴァンの柔らかな物腰や、どんな話にも耳を傾けてくれる態度に、ほだされてゆく者が多かった。偏屈で頑固な学者肌の人間が多い図書館で、アイヴァンの好感度の高さは異例ともいえる。

（この人は本当に凄い人なんだ。王になったらきっと皆が喜ぶ。……私も、こういう人が王だったら良いと思うもの）

エクシアは思わず自分とアイヴァンを比べてしまう。

（私ときたら『上級魔術師』の試験には落ちるし『真珠の部屋』には入れないし。……アイヴァンは私の知識を褒めてくれるけれど、それは自分の好きなことばかりしてた結果に過ぎない。この知識を誰かの役に立てようとか、困っている人を助けるために使おうとか、考えたこともなかった）

知識を蓄えることが楽しかった。知らないことを知ることに喜びを覚えた。

けれどそれは、自分一人で完結してしまうことで。

エクシアは考える。

自分は、他の誰かに、同じ楽しさや喜びを与えたことがあっただろうか。

誰かのために行動した経験なんて、なかったんじゃないだろうか。

考え込んでいるエクシアをよそに、アイヴァンは床に這いつくばったり、引き出しを何度も開け閉めしたりして、何かを探しているようだった。

そうして、書見台の引き出しの裏に貼り付けられた、手のひらに収まるほどの冊子を探り当てる。

「見つけた……！　ミルカ・ハッキネンの日記だ！」

「日記？　あなたはずっと図書館に通って、それを探していたの？」

「いや、探すものは他にもある。だが、これが手がかりになるだろう」

「でもそれはもう『魔術師』たちの手によって研究されてるわ。魔術的にはあまり意味のない、本当に私的な日記だって聞いたことがある。だから元あった場所に戻しておいたのよ」

「そうなのか。しかし王族の目線から見れば、何か新しく分かることがあるかもしれない。上手く解読できれば、きっとデザストル公の企みを退けられるぞ……！」

いつになく興奮し、目を輝かせて古い日記を見つめているアイヴァン。

（戦争をしたいというデザストル公爵の考えを止めさせるために、あれを探していたのね。

——きっとアイヴァンのことだから、あっという間に解読してしまうんでしょう）

そうしたらきっともう図書館には来ない。

エクシアはアイヴァンとの距離をまざまざと感じてしまう。けれどそれでも必死に笑みを浮かべて、友人の喜びを祝った。

三章

「エクシア、君そんな長袖で暑くないのか」

　エクシアの仕事部屋に顔を出したアイヴァンが、驚いたように言う。

　写本台から顔を上げたエクシアは、きょとんとした顔でアイヴァンを見つめた。いつも第一王子としてきっちりした格好をしている彼が、今日はジャケットを脱いでシャツの袖をまくり上げている。

「図書館はいつも少し涼しいくらいよ。あなたは随分暑そうね」

「暑い理由を教えてあげよう。夏が来ているからだ。――ほら、桃を持ってきたぞ」

「桃！　大好き！」

「知ってる」

　エクシアは写本台からぱっと離れると、アイヴァンが持ってきた包みを嬉しそうに受け取った。

　包み越しでも分かる、豊潤な桃の匂いと、ずっしりとした手触り。

「早速切り分けるわね」

「待て待て待て。それ、写本の時に使うナイフだろう、羊皮紙を削る時に使ってるやつ」

「ええ。いつも手入れをしてるからよく切れるわよ」

「そういうことじゃない。汚い」

渋い顔をするアイヴァンを見、エクシアは思い出した。

(そうだ、そう言えばこの人、第一王子だったんだわ……)

仕方なくエクシアは自分の魔導書を取り出し、水の魔術でもって桃を切り分けた。ナイフのように上手く扱えない上に、手がびしょびしょになったが、アイヴァンは満足そうにしている。

使わない植物の葉があったので、それを皿代わりにして桃を載せ、アイヴァンに差し出す。アイヴァンは少し逡巡してから、素手で桃をつまんでかぶりついた。

手に果汁を滴らせながら、二人で桃に舌鼓を打つ。

「美味しい！　ちょうどよく熟してるわね」

「初めて果物を素手で食べた」

「えっ⁉　森でベリーを摘んでそのまま食べたりとか、林檎をつまみ食いしたりとか、そういうこともしたことがないの⁉」

「ないな。第一王子をやってると、フォークやナイフがないというシチュエーションもない」

「初めて王族の人に同情したわ。手づかみの背徳感を知らないなんて。でもこれで悪いことを一つ覚えたわけね」

「これが悪いことに当たるかどうかは議論の余地があるだろうがな」

アイヴァンは苦笑すると、腕を伝う果汁をハンカチで丁寧に拭いながら話題を変える。

「ところで、君の魔導書を初めて見たが、随分コンパクトなんだな」

「図書館では使える魔術が限られているから、仕事の時はこっちを持っているの。そう言えばあなたの魔導書も見たことがないけれど、きっとかなりお金と手間がかかっているんでしょうね」

写本を生業とする者として、少し見てみたいような気もしたが、他人の魔導書はかなりプライベートでデリケートな部分である。自分から取り出すならまだしも、見せてくれとねだるものではない。

「ああ、金と手間はかかっているだろうな」

だがアイヴァンは出し惜しみもせず、胸元から大きなメダルのようなものを取り出した。それは純金でできており、中央部分が回転するようになっていた。

「これが、魔導書？」

「書物でないものだとしても、魔術を展開できるものは皆魔導書と呼んで良いんだろう？ああ、もちろん君のと同様に、外出用の簡易なものだが」

エクシアは身を乗り出す。目を凝らせば、メダルには文字が刻まれていることが分かった。それも古代文字、しかも鏡文字で書かれている。

更に、回転する中央部分には、エメラルドとダイヤモンド――防御魔術によく効く宝石が埋め込まれている。

（刻まれている文字や宝石、更にメダルという形状からして、防衛特化の魔導書ね。恐らく、生半可な攻撃は退けられてしまう。っていうか古代文字の魔導書なんて久しぶりにお目にかかったわ！　これを作った人に会ってみたい……！）

エクシアが全てを観察するより早く、アイヴァンはそのメダルを胸元に収めた。シャツのボタンを留めながら、弾んだ声で呟く。

「この魔導書を誰かに見せるのも初めてだ。――君と一緒にいると、初めてのことばかりが増えてゆくな」

「それは私も同じよ。でも、楽しいから良いわ」

「俺もだ」

にこっと笑ったアイヴァンは、手元がべたつくのだろう、ハンカチで指先を擦っていた。

「楽しいと言えば――学園はもう夏休み、社交シーズンに突入したぞ」

「その言葉ほど私にとって縁遠いものもないわね」

良家の子女が多く通うノーザンクロス王立学園では、夏休みになると、皆がこぞって避暑地の別荘へと繰り出す。そこで夏限定の船遊びや花火、いつもよりはめを外した舞踏会などが行われるのだ。

「フィラデルフィア伯爵も、別荘地くらいは持っているだろう？　そこへ行かないのか」

「お父様とお母様、あとお姉様はいつもいらっしゃるようだけれど、私は毎年パス。やりかけの写本を持って移動するのも面倒だしね」

「毎晩のパーティーが億劫なだけだろう」

見透かしたようなアイヴァンの言葉に、エクシアはむっとした顔になる。

「別に、毎晩違う人と会って顔と名前が覚えられないなあとか、話す内容が天気と食べ物のことしかないなあとか、そんなことは思ってないわよ」

「回数を重ねたら適当に喋れるようになる」

「人と話すのが天才的に上手いあなたと一緒にしないで。でも、国王陛下も避暑地へ行かれるんでしょう。あなたはいつ発つの」

「いずれは合流するつもりだが、まだまだやることがあるからな」

「……ミルカ・ハッキネンの日記の解読とか？」

アイヴァンは渋い顔で頷いた。

「ああ。そもそも鏡文字で書かれているし、やっと読み解いたと思っても、とりとめのない内容ばかりだし、俺が求めている情報は見つけられていない」

どうやら読解は行き詰まっているらしい。

(手助けしたいのはやまやまだけど、アイヴァンには何か目的があるみたいだし、下手に関わるのは良くないかしらね)

アイヴァンはエクシアのクッションに背中を預け、難しい顔でいる。少しは気晴らしになればと思い、エクシアは提案してみた。

「なら、ランタン祭りを見て行ったらどう?」

「ランタン祭り? 初めて聞く祭りだ」

「図書館で夏に行われるお祭りなの。魔術で作った氷の焔を図書館中に灯すんだけれど、すっごく綺麗でね! 図書館内って普段は火を持ち込めないから、最低限の明かりしかないんだけど、ランタン祭りの間は明るくなるの」

「ああ、来る時に入り口でそれらしいものを見かけたような気はする」

氷の焔は明るいだけで、物を焼く性質は持たない。だから図書館内でも灯すことができるのだが、夏の間にしか採取できない植物を使うため、季節限定の魔術なのだとエクシアは説明した。

弾んだエクシアの声を聞き、アイヴァンの顔がほころんだ。

「君がそこまで盛り上がるなんて珍しいな」

「年に一度のお祭りだもの。稀覯本が当たるくじ引きとか、アブサンやピンチョスの出店とか、花火の打ち上げだってあるのよ」

「それを全部図書館内でやるのか？　まあ、ここならスペースには事欠かないだろうが」

「もちろん。図書館を離れて別の場所で働いている『魔術師』たちも来るの」

外国の図書館で研鑽を積んだ彼らの話を遠くからこっそり聞くのも、エクシアが楽しみにしていることの一つだった。

「もう今日からランタンは灯されてるはずだから、見に行きましょうよ」

「そうだな。良い気分転換になりそうだ」


二人はエクシアの巣穴のような仕事部屋を出て、一階の大広間に向かった。

大広間には、壁を彩る青い焔のきらめきがいっぱいに広がっていた。

バラや睡蓮を模したガラスの器に入れられた氷の焔は、暑さを忘れるような濃いブルーに燃え上がっており、大広間の金色の調度品を輝かせている。普段は薄闇に沈んでいる図書館の内装も、くっきりと浮かび上がっており、普段とは全く違う顔をのぞかせていた。

「これは確かに壮観だ！　図書館中がこうなってるのか？」

「さすがに禁書の棚には灯してないみたいだけど、可能な限り色んな場所にランタンを飾ってるって。だからいつもより明るくて、不思議な感じ」

アイヴァンはちらりとエクシアの方を見た。いつもは本に注がれているエクシアの視線が上を向いており、海色の目がきらきらと輝いている。

日の光を知らないような真っ白な頬に、氷の焔を納めたガラスから木漏れ日のような光がちらちらとこぼれ落ちており、幻想的な雰囲気を醸し出している。

アイヴァンはその姿に一瞬見惚れた。


「おっ、エクシアじゃん」

声をかけてきたのは金髪の『上級魔術師』、アナベルだ。最近よくエクシアと立ち話をするようになった先輩魔術師である。

エクシアはぎこちなく笑みを浮かべる。これでも、顔を見るなり逃げ出さないだけましになった方だ。アイヴァンと出会ってから数か月、対人関係を少しずつ鍛えられてきた。

「毎年このランタン見てるけど、全然見飽きないよ。いつも綺麗だ」

「本当ですね」

「そうそう、今年もダンスパーティーがあるらしいじゃん？　エクシアは出ないの？」

「出ませんよ。ダンスなんてするくらいなら部屋で本読んでます」

「えー、こんなに若くて可愛い子が踊らないなんてつまんないでしょ！　大広間が枯れ木の群れみたいになっちゃうよ！　図書館の平均年齢いくつだと思ってんの」

叫ぶアナベルに、アイヴァンがそっと声をかける。

「横から失礼します、レディ。ダンスパーティーとは一体どんなものですか？」

「あれ、殿下はご存じでない？　ランタン祭りの最終日、この大広間でダンスパーティーをやるんですよ。普段は本が恋人みたいな図書館の連中も、結構集まってきますよ！」

エクシアは他人事のような顔をして聞いている。

それを見たアナベルは痺れを切らしたように、

「良い歳した娘がダンスパーティーをスルーするなんてありえない。悪いけどお節介させてもらうわよ」

と言い、大広間の中央に備えられた書見台に向かう。そこには一枚の羊皮紙が、銀色の釘で留められていた。

「これはダンスパーティーの参加者募集リスト。名前を書けばダンスパーティーに参加できる」

アナベルは側にあった羽根ペンを手に取ると、そこにさらりと名前を書き込んだ。

自分の名ではなく、エクシア・フィラデルフィアの名を。

「ちょっ⁉　アナベルさん、何やってるんですか！」

「分かってるって、ダンスにはパートナーがつきものだもんね。というわけで殿下、すみませんがエクシアのダンスのパートナー、頼まれてくれませんか？」

一国の第一王子に向けたとは思えない、フランクなお願い。

けれどアイヴァンはそれをなぜか上機嫌な顔で引き受けた。

「もちろん！　エクシアのパートナーという栄誉に与れるなんて嬉しいな」

「アイヴァン!?　わ、私はダンスなんてしないわよ？　壊滅的にセンスがないの！」

「過ぎた謙遜は美徳とは言えないぞ」

「いや謙遜とかじゃなくて、本当のことなんだってば」

弱々しいエクシアの訴えをさらりと聞き流し、アイヴァンはアナベルから羽根ペンを受け取ると、エクシアの横に自分の名を書いた。貴婦人のものと見まがうような美しい筆跡は、さすが王族である。

自分の名とエクシアの名が並んだことを確認すると、アイヴァンは満足そうにアナベルに微笑みかけた。

「良いことを教えて頂きました。知らなければ私は彼女をパートナーに踊る楽しさを味わえないままでしたでしょう。ありがとうございます、レディ」

「いえいえ～。お礼は向こう半年分の金雲母の粉末で結構です、なーんて」

くすくす笑いながら去ってゆくアナベルの後ろ姿を、エクシアは恨めしげに見つめる。今からでもダンスパーティーへの参加を取り消せないかと思うけれど、この羊皮紙は一度名前を書いたら消せない仕組みになっていた。

「……どうにかして、ダンスパーティーを中止にできないかしら。ここを爆破するとか」

「君らしくもない物騒なことを言うな。大丈夫だよ、当日までに俺がちゃんと見られるように仕上げてやるから」

偉そうな口ぶりに、エクシアはむっとしたような顔になったが、やがてからかうような笑みを浮かべる。

「そう上手くいくとは思えないけど、王子様のお手並み拝見といこうかしら」

そのエクシアの言葉が虚勢でも何でもないことを、アイヴァンは後日思い知ることとなる。

エクシアとアイヴァンがいるのは、ノーザンクロス王立学園のダンス練習室だ。王族特権で一室借り上げると、アイヴァンは早速音楽をかけて踊り始めた——が。

「……念のために聞くが、本気で踊ってるんだよな？」

「私はいつだって本気よ！」

顔を真っ赤にして叫ぶエクシアのダンスは、本人の言葉通り、壊滅的だった。

まずリズム感というものがない。

音楽に合わせているつもりはあるのだろう。だが運動神経を母のお腹の中に忘れてきたエクシアの動きは、カカシが懸命に体を揺すっているようにしか見えない。息しかも体力もないので、一曲が終わる頃には、エクシアの顔は真っ赤になっていた。もかなり荒い。アイヴァンは笑わないように腹に力を込めながら、拍手を送った。

「よく踊り切った！　君のダンスは前衛的すぎて、観客は誰もそれがダンスだと分からないかもしれないのが難点だが」

「アイヴァン。素直に下手くそって言ってくれた方が楽なこともあるのよ」

「……そうだな。では言わせてもらうが――」

エクシアは目をぎゅっと瞑って、アイヴァンの言葉を待った。

「音楽を聴こうという意識はあるし、俺の動きに合わせようという意識もある。だからダンスにおける必要な点はクリアしているんだ」

「……え？」

「だが問題は体がそれについて行っていないということ。写本と読書しかしていないから基礎体力と筋肉がないんだな。それならすべきことは単純かつ明快だ」

アイヴァンは重々しい口調で告げた。

「体を鍛えよう、エクシア」

「体……えっ？」

「そもそも君は食べなすぎる。昼をナッツの小袋と桃半分で済ませるのはどう考えてもやりすぎだ、本気ではりねずみになる気なのか？」

「だ、だって写本中はほとんど動かないからお腹は空かないし」

「そうだそれが問題だ。しかも図書館内では、望みの本をオートマタが取って来てくれるから、この広さに反して運動量は最小限に抑えられてしまう。これは良くない。君はもっと体を動かして食事をしっかりとるべきだ」

　エクシアは啞然とした顔でアイヴァンを見上げる。

（て、てっきり怒られたり幻滅されたりするかと思ってたのに……。どうして生活習慣の改善を提案されてるのかしら？）

　しばらくアイヴァンの顔を見つめていたエクシアは、やがてくすっと笑い出した。

「あなたって……変な人」

「華麗な前衛舞踏を披露してくれた君にだけは言われたくないが」

「あんな下手くそなダンスを見た後に、怒りもしないでそんなことが言えるなんて。変以外の何ものでもないでしょう」

「怒るわけないだろう。俺は君と踊れるのが楽しみなんだから」

「楽しみ？　どうして」

　アイヴァンは呆れたように腕組みをし、ぶっきらぼうに答えた。

「滅多にダンスパーティーには出ない可憐な令嬢の、貴重なダンスのパートナーを務められるんだぞ。楽しみでないわけがあるか」

エクシアは一瞬息を呑み、それからくすっと笑った。

「……アイヴァンも大変なのね。私には社交辞令とか言わなくて良いわよ、疲れちゃうでしょ」

（アイヴァンは凄いわ。女性には優しくというマナーが徹底されてるのね。……うっかり本気にしちゃうところだった）

エクシアは思い違いをしないように自分に言い聞かせる。

（相手はこの国の第一王子。これから王様になるひと。今はたまたま仲良くしてくれているだけで、アイヴァンの目的が達成されたら、いつも通り王宮に戻るんだから）

だから、分不相応な感情を抱いてはいけないのだと、羊皮紙に文字を刻むように、自分の心にしっかりと刻み込んだ。


それから過酷な鍛錬の日々が始まった。

こう見えてエクシアは良いところのご令嬢である。父からは溺愛され、母からは甘やかされ、姉からは猫かわいがりされた。鍛錬などしたことも見たこともなく、エクシアは生まれて初めての凄まじい筋肉痛に泣いた。

少しの運動でぷるぷると小鹿のように震える足を、アイヴァンは容赦なく追い立てる。

「休憩は三十秒、その後また二十回だ」

もはや異論を唱える余裕もなく、エクシアはぜえぜえと息をしながら、額の汗を拭った。

だが、努力はエクシアを裏切らなかった。

アイヴァンは飴と鞭の使い分けがすこぶる上手く、容赦なくエクシアを追い込む一方、

「あと五回腹筋ができたら、君が見たがっていた狐の棚の巻物を見せてやるぞ！」

「泣き言を言うな！　これが終わったらラピスラズリの粉末を奢ってやる！」

と飴を与えるのも忘れない。

アイヴァンの課したメニューを泣きながらこなし（サボるとなぜかアイヴァンにバレてメニューを追加される）、ダンスの基本ステップを根気強く繰り返していると、体が勝手に動くようになってきた。

アイヴァンのリードに身を任せることにも、少しずつ慣れてきた。さすがにアイヴァンはダンス上手で、エクシアが力を抜いたタイミングを見計らってリードしてくれる。

それでいて「上手くなってるぞ」などと褒めてくれるものだから、もうエクシアはアイヴァンに頭が上がらなかった。

（私なら教えながら絶対イライラしちゃうでしょうね……やっぱり凄い。これが『真珠の部屋』に入ることができる人間と、そうでない人間の違いなのかな）

　アイヴァンだけが『真珠の部屋』に入れたことについて、エクシアはずっと考えていた。

『上級魔術師』試験に二回連続で落ちたことは、もうあまり気にならなくなっていた。

(試験に落ちた時は、絶対受かってたはずなのにって思ってたけど『真珠の部屋』に入れなかった今なら分かる。私には何かが足りなくて、その足りないものを知ってるのが、アイヴァンなんだ)

　それは人と心を開いて対話する能力だろうか？　それとも、誰彼構わず話しかける人なつっこさと、拒絶されてもめげない心の強さ？　ダンス下手にダンスを教える根気強さという可能性もある。

　それが何なのかはまだ分からないが、一つだけ確かなことがある。

(私、アイヴァンにお世話になりっぱなしだわ)

　けれどエクシアには返せるものがない。王族相手に渡せるような価値のあるものなど持っていないし、せめて図書館を案内する時により親身に説明しようと思っても、そのくらいなら他の『魔術師』にだってできてしまう。

　苦心の末、エクシアは感謝の気持ちをバスケットに込めることにした。

　ある日ダンスの練習が終わった後、エクシアは恐る恐るアイヴァンに尋ねた。

「お腹、空いてたりする？」

「これは豆知識だが、男の腹は大体いつでも空いてる」

「そ、そうなの？　それならいいわ、これ良かったら食べて」

バスケットを開けてアイヴァンに差し出すと、その金色の目が子どものように輝いた。

中にはぎっしりとサンドイッチが詰まっている。具は冷製チキンのゼリーソースあえ、きゅうりとクリームチーズ、生クリームとたっぷりのフルーツ。

「凄いな！　旨そうだ」

「私が作ったものだから、あんまり期待しないで。材料は良いものを使ったけれど」

(今更だけど、王族の方に自分の作った物を差し上げるって……蛮行じゃないかしら!?)

怖気づいたエクシアは、バスケットを抱え込もうとする。

けれどそれはアイヴァンの大きな手で止められた。

「期待もするさ。君が作ってくれたんだろう」

「そうなの、キッチンに作らせたものじゃなくてごめんなさい」

「君が作ったから良いんじゃないか！　頂いても？」

頷けばアイヴァンはいそいそとチキンサンドを手に取り、もどかしそうに包みを剝がすと、大きな口でかぶりついた。その顔が笑みにほころぶ。

「……うん、旨い！　君の物作りの才能は料理にも発揮されるのか」

安堵の息を漏らしながら、エクシアははにかんで頭を振る。

「サンドイッチだけは得意なの。ほら、本を読みながらでも食べられるでしょう、昔からよく自分で作ってたから」

「全部食べてしまいたいところだが、王たる者寛大さが求められるからな。というわけでエクシア、君も食べろ」

「じゃあ、遠慮なく。コーヒーもあるのだけど、いかが」

「至れり尽くせりだな。頂こう」

　別のバスケットに詰めて来たコーヒーセットを取り出し、魔術で沸かした湯をポットに注ぐ。

　アイヴァンが空腹であるということは本当だったようで、大口を開けた側からサンドイッチが吸い込まれてゆくのを、エクシアは興味深く見つめた。口の中が見えるくらい開けているのに、下品に見えないのはさすがだ。

（王宮でもっとたくさん美味しいものを食べてるでしょうに、こんなに喜んでくれて……。ふふ、餌付けしてるみたい）

　コーヒーの湯気に笑みを紛れさせ、エクシアはこのささやかな時間を楽しんだ。

「エクシアはダンスパーティーに何を着ていく予定なんだ？」

アイヴァンの質問にエクシアは淡々と答える。

「家から送ってもらったドレスがあるからそれを着ていくつもり」

「何色？」

「……水色？」

「なぜ疑問形になる」

「いえ、もう三年近く出していないから」

するとアイヴァンが信じられないものを見るような眼差しでエクシアを見つめた。

「念のために聞くが、図書館のダンスパーティーは骨董品のようなドレスしか着てはいけない、というマナーはないんだよな？」

「こ、骨董品って、三年前のドレスよ？　太ってないし、……背も伸びてないしっ、着られるはず」

「エクシア、世の中には流行というものがあってだな」

「そのくらい分かってます！　もう、見せてあげるからそれで納得して」

そう言うとエクシアはなぜか仕事部屋の奥まった棚を開け、そこに顔を突っ込んだ。あ
あでもないこうでもないと言いながら引っ掻き回した結果、出てきたものは。

「……こ、これが水色のドレスです」

「正確に言うなら、カビが生えて白くなった元・水色のドレスだな。これはもう『持って

いない』にカウントすべきだと思うのだが、どうだろうか」

「ああもうそれでいいわよ！　なんでたまに嫌みっぽいの、あなた！」

使い物になりそうもない、傷んだドレスを前に、エクシアが叫ぶ。

アイヴァンはずっと真面目な顔で考え込んでいたが、何か決心したように頷いた。

「これから新しいものを買いに行こう」

「ええ……？」

服を買う、ということが、エクシアは異様に苦手だ。

(色とか形とかいっぱいあるし、着てみたって似合うかどうかいまいち分からないし、大体どんなに着飾ったって、こんなにちんちくりんじゃ意味ないじゃない？)

しかしそんなことはアイヴァンにはとっくにお見通しだったのだろう。

「大丈夫だ、毎日同じワンピースとローブを着ている君に、服を選ぶセンスは求めていない。プロに任せよう。ほら立って、今日はダンスの練習は休みだ」

「立って、って……。どこに行くの」

「テイラーのところへ」

そうしてあれよあれよという間に、馬車に乗せられ、街へと繰り出すことになった。

ノーザンクロス王国の首都、テペラには、王族が住まう王宮に加え、図書館を有する巨大な学園都市がある。それらの生活をまかなうため、街も必然的に大きくて賑やかだ。

エクシアはあまり街へ出たことがない。最低限のものなら学園内で揃うし、何より市街地は混んでいてげんなりする。

だが、アイヴァンの馬車は混雑などものともせずするする進む。一応お忍びなのだろう、王族の紋章などはついていない馬車なのだが、なぜか皆が道を譲ってくれるのだ。

馬車がとある店の前で止まった。黒い看板にははさみとメジャーがクロスした紋章があり、そこがテイラーであることが分かる。

店構えはシンプルで、王族が利用するほど豪華な店には見えなかった。

アイヴァンはエクシアをエスコートしながら、さっさと店の中に入る。

すると、藤色のドレスを纏った大柄な婦人が奥から現れ、優雅に挨拶をした。

「ご機嫌麗しゅう、殿下。本日のご用件は」

「今度図書館でダンスパーティーがあるんだが、彼女のドレスを仕立ててもらいたい」

婦人の目がきらりと輝き、エクシアをさっと観察する。すくみあがる彼女に、その巨体からは想像もできないほど俊敏な動きで近づくと、首にかけたメジャーを当てていく。

「ふうむ。ドレスを着慣れていらっしゃらない方ですわね？　ということは、着ていて美しいことは当然として、着やすさ、踊りやすさが求められると」

「その通りだ。ああ、髪型や化粧も全てお願いしたいのだが」

「お任せ下さいませ。ではこちらへ、ミス……」

「エクシア・フィラデルフィアです」

「ミス・フィラデルフィア。私はこの店の店主、メイジーと申します。素晴らしいドレスを仕立てて差し上げますので、どうぞご安心を」

にっこりと笑うメイジーの顔は優しいのに、なぜかエクシアの目には恐ろしいもののように映った。

「猫背ですわね。ドレスを着るにはぴんと背筋を伸ばすことが大切です。ほら言った傍から背中を丸めませんのよ！」

「遠くを見るように歩かれるとよろしいですわ。足元が気になるのは分かりますが、お会いする皆様につむじばかり見せるのは少々、マナー違反かと」

「裾にレースをふんだんにあしらって、腰の細さを強調しましょう。派手？　大丈夫です、ダンスホールに立った瞬間、このレースたちはあなたの一番強い味方になってくれますから」

　メイジーがまくしたてる内容のほとんどはよく分からなかったが、布を当てられ、違いの全く分からないレース十種から好きなものを選ばされ、水色と薄水色の違いも分からないのかと叱られ、エクシアは頭がくらくらしそうだった。

（羊の皮を洗う桶に入れられたみたい）

エクシアが意識を遠くしている間に採寸は終わったらしい。

メイジーが魔導書を広げ、美しい水色の生地に向けて魔術陣を展開する。

金色をした円形の魔術陣が幾重にも展開され、生地を裁縫していった。その魔術は洗練されており、熟練の腕にエクシアは見とれた。

「凄い……！　色んな手順が省略されているようですが、きっとメイジーさんだからできることなんでしょうね。これは誰にも真似できません」

興奮しながら言うと、メイジーがふっと嬉しそうに笑った。

あっという間に作られたドレスを試着すると、デザインもさることながら、軽さと動きやすさがよく感じられた。その姿で髪型を整え化粧を施すと、今まで見たことのない自分が鏡の前に現れて、エクシアはびっくりした。

「どうだ？　終わったか？」

入ってこようとするアイヴァンを、メイジーが優しく押し留める。

「殿下、実際にご覧になるのは、ダンスパーティー当日の方がよろしいですわ。楽しみは後に取っておくものです」

「む、そうだな」

「髪型や化粧も概ね決まりましたので、靴や髪飾りなどを選んでから、ミス・フィラデルフィアをお返しします。もう少々お待ち下さいませね」

　エクシアはされるがままにドレスを脱がされ、化粧を落とされると、よろよろとアイヴァンの待つ控室に向かった。優雅に紅茶をするアイヴァンは、エクシアの顔を見てぶっと吹き出す。

「何もそんな露骨に疲弊しきった顔をしなくても。女性なら多少はドレスに心が躍るものじゃないのか」

「全然……。あ、でもメイジーさんの魔術は興味深かったわ。採寸や裁断のプロセスをかなり大胆に省いているんだけど、ちゃんとした物に仕上がってるのが凄いわ！　メイジーさんが使いやすいように、魔導書を少しずつ調整していったのが分かるんだけど、それってもうほとんど職人技で、再現するのが難しそうなのよね。さすがアイヴァンが御用達にするだけのお店だわ」

　エクシアの言葉に、アイヴァンがますます面白そうな顔になった。

「君は本当にどこまでも『魔術師』なんだな」

　会計の段になって、アイヴァンが全てを支払おうとしたので、エクシアは猛抗議した。

（さすがにお金を払ってもらうのは申し訳ないし、なんだか違う気がするわ！）

　いつになく抗議するエクシアに根負けし、アイヴァンが半分を支払うことになった。それだってエクシアは納得していなかったが、メイジーの、

「殿方のプライドを尊重して差し上げた方がよいかと」

という言葉に折れる形になった。

店を出、馬車に乗ろうとすると、アイヴァンが別の行き先を御者（ぎょしゃ）に告げているのが聞こえた。それはアイヴァンが行きそうにない場所だったので、エクシアは聞いてみる。

「どうしてあなたが養護施設に用事があるの？」

「仕事の一環（いっかん）だ。ああ、君は馬車で待ってくれていれば良いから」

「……もしあなたが構わないなら、私もおりて一緒（いっしょ）に行っても良いかしら」

（アイヴァンの仕事がどんなものなのか、ちょっとだけ気になるわ）

するとアイヴァンは少しだけ嬉しそうな顔になって、同行を快諾（かいだく）してくれた。

養護施設は、市街地と貧民街のちょうど間にあった。

ほとんど崩（くず）れかけた教会と、養護施設らしき建物には足場が作られており、修復中のようだった。そこから一人の修道士が出てくる。

こざっぱりとした格好をした男は、アイヴァンを見ると表情をほころばせた。

「殿下、ようこそいらっしゃいました」

「転移ポートの調子はどうだ」

「おかげ様でつつがなく動いております。現金収入が増えましたので、教会と養護施設の修繕（しゅうぜん）も進められそうです。ですがポートの運用方法について、少々ご相談させて頂きたいことがありまして……」

修道士とアイヴァンは、話しながら教会の中へ入っていった。

(養護施設ということは、貧しい人々への慈善活動のために来たのかしら？　でも今の話だと、転移ポートというものがあって、それにアイヴァンが関わっているようだったけど)

さすがに二人の後をついて行くのも気が引けて、教会の前をうろうろしていると、養護施設らしき建物から子どもたちがわっと出てきた。

皆痩せていて、着ているものは継ぎが当たった古着ばかりだったが、清潔だった。目も子どもらしく輝いていて、少なくとも飢えや病気には見舞われていないようだ。

「お姉ちゃんだあれー？　ちいちゃいねえ」

「きれいな赤毛！」

好奇心いっぱいで寄ってくる子どもたちが、エクシアに群がり、ローブや髪を引っ張ったりつついたりしてくる。

子どもに慣れていないエクシアは、小鳥の群れに囲まれたはりねずみのように固まってしまう。

(こ、こういう時どうしたらいいの!?　私、子どもって接したことないから分からないのよ……！)

「ねえねえお姉ちゃん、王子様のこいびと？」

「はぇっ？」

「王子様が女の人連れてくるのはじめてだよね」

「うんうん、カノジョだよ絶対」

女の子というものは、どこでも精神年齢が高いらしい。訳知り顔で頷いている十歳くらいの子どもたちの勘違いを、エクシアは真剣に否定する。

「恋人なんかじゃないの、ただの……図書館の案内人？　なのよ」

「えー、ただの案内人を、仕事場に連れてくるかなあ」

「絶対見せびらかしたいんだよね」

「王子様、こんな人がタイプなんだねー。磨いたら光る系？」

「原石系ね。育てる楽しみ、ってやつだよ」

散々な言われようにエクシアが目を白黒させていると、今度はより年かさの少女たちが話しかけてくる。

「ねえねえ、王宮って今カルティアン様式のレースのドレスが流行りなんでしょ？　どういうパターンが一番人気なの？」

「え？　そうなの？」

「そうなのって、王宮近くに住んでるんじゃないの、あなた？」

「学園都市に住んでるから、流行りとかはあんまり」

「いや逆に学園都市の方が流行りに近いと思うんだけど。まあ、そんな地味なワンピを着てるんだもん、流行りとか気にしないタイプかあ」

流行りのレースを編めば高く売れるので、参考にしたかったのだ、とその娘は言った。

協力できないことを申し訳なく思いながらも、エクシアは疑問に思ったことを聞いてみた。

「今カルティアン様式のレースが流行ってるって、どうして知ってるの？」

「ああ、ここの養護施設には転移ポートがあるから、色んな街から色んな人がやって来るの。で、皆大体ここでカルティアン様式のレースを買って地元に帰ってるから、流行りなんだなって思って」

「転移ポートって？」

その子が説明してくれたところによると、アイヴァンは今、全国に転移ポートを作り、転移魔術によって人の往来を促進しようとしているらしかった。

転移魔術は、転移先の座標を間違いさえしなければ、比較的誰でも使える魔術だ。ただしその転移先の座標を特定する作業が厄介なので、皆あまり使わない。

だが転移ポートがあれば、お金を払う必要はあるものの、座標を特定する手間が省けて楽なのだ。

「その転移ポートを、うちみたいな養護施設や病院に設けることで、現金収入を得るための手段にできるの。そのお金で今度建物の建て替えができるんだよ！」

「そう、それって王子様が考えた仕組みなんだって！」

「アイヴァンが……」

（転移ポートの設置によって、貧しい地区にお金が落ちる仕組みを作り、更(さら)に国内の往来を促進する……。やり方もスマートだし、皆が利益を得られるようになっている。今まで誰もこんなことを思いつかなかったわ）

アイヴァンはお飾(かざ)りの王子などではないのだ。

そう思い知ったエクシアは、感嘆(かんたん)のため息をついた。

修道士との会話を終えて、外に出てきたアイヴァンは、思いもかけない光景に出くわした。

「この姉ちゃん強すぎねえ!?」

「何回やっても勝てねえ」

養護施設の男の子たちが輪になって歓声(かんせい)を上げている。女の子たちも、面白そうにその様子を眺(なが)めていた。

「どうした？」

アイヴァンが近づくと、輪の真ん中にはエクシアの姿があった。

一番小さな男の子の後ろにしゃがみこみ、手に何かを持たせてやっている。

不思議そうに見ているアイヴァンに、女の子たちが説明してくれた。

「草相撲(くさずもう)です、王子様。草を一本ずつ持って、絡(から)ませて引っ張り合う遊び！　ちぎれた方が負けってルールなんですけど」

「あのお姉さんたら凄(すご)いんです、全戦全勝！　あのお姉さんの草は絶対ちぎれないの」

草相撲という遊びはしたことがなかったが、ルールは明快なので見ていればすぐに分かる。男の子たちは強そうな草を引っこ抜(ぬ)いて来ては、エクシアと男の子ペアに挑(いど)むのだが、毎回敗北を喫(きっ)していた。

「意外な才能だな」

「ああ、アイヴァン。ふふ、強い草を見極(みきわ)める目なら自信があるわよ。製本の時、背表紙には草を編んだものが使われることが多いから、強い草を使う必要があるの」

「なるほど、そこで培(つちか)われた技術なわけだな」

技術というほどでもないけれど、とエクシアははにかむ。

けれど男の子たちは、エクシアの凄さに目を輝かせているし、何よりもエクシアが組んでいる小さな男の子の、上気した頬(ほお)がアイヴァンの印象に残った。

養護施設のような場所では、小さいことは弱さを意味する。きっと彼はいつもみそっかすで、びりで、悔しい思いをしていただろう。

たとえ遊びであっても、連戦連勝できたことは、きっと彼を喜ばせたに違いない。

「アイヴァン、もうお仕事は終わったの？」

「ああ。転移ポートのメンテナンスもできたし、次の予定もあるからな」

アイヴァンはしゃがみこむと、エクシアの前にいる男の子に声をかける。

「すまないが、君の勝利の女神を連れて行ってもいいかな？」

第一王子に優しく声をかけられ、男の子は恥ずかしそうな顔をしてこくこくと頷いた。

エクシアは彼の手に草を残し、立ち上がる。

「おねえ、ちゃん。……ありがと！」

「私こそ、一緒に遊んでくれてありがとう。楽しかったわ」

そう言ってエクシアはにっこりと、子どものように笑った。

馬車に乗り込んだ二人を、子どもたちは名残惜しそうに見送ってくれた。走り出してからも、エクシアは窓から身を乗り出して手を振っていた。

「草相撲に強いとは、人は見かけによらないものだな」

「幼い頃はよく姉に負けていたものだけど、今なら勝てそう」

ふふっと笑ったエクシアは、そんなことより、と語調を改めた。

「あなたが作った転移ポートの仕組み。あれは画期的ね」

「養護施設に直接現金収入の道を作ってやれるから、寄付金を募ったり、貴族のチャリティーパーティーとかいう面倒な手段を経なくても良いのが楽だな。もっとも、税金はかかってしまうし、転移ポートをメンテナンスできるだけの人員を確保し続ける手間もかかるんだけどな」

「転移ポートがあれば、国民の旅行や出張を促進することもできるでしょう。そうすれば物の行き来は増えるし、地方に旅行に行った首都のお金持ちが、現地でお金を落とすこともできる……。もちろん、緊急時にも役立つでしょう」

一気に言い切ったエクシアは、ふう、と息を吐いた。

「凄いわ。いつ思いついたアイディアなの？」

「二年前かな。転移ポートはまだ国内に二十か所ほどしかないが、増やしていく予定だ」

薄暗くなってきた馬車の中、エクシアの目が濡れたように輝いている。

「ああいう子どもたちを救うためには、寄付するか、チャリティーバザーを開くかくらいのことしかできないと思い込んでいた。こんな方法もあったなんて……。あなたって、本当に凄い人なのね」

純粋な尊敬の眼差しを受け、アイヴァンは思わず視線を逸らしてしまう。

王宮では、真っすぐな誉め言葉は珍しい。阿諛追従か、もしくは嫌みか。誉め言葉の裏側にある他意を探ってしまう。

けれどエクシアから注がれる賞賛の視線は無邪気なままで、混じりけのない好意が感じられる。爽やかな高原の空気を吸い込んでいるようだ。

今表情を観察されたら、照れていることが分かってしまいそうで、アイヴァンは足を組んで窓の外を眺めた。

「……今度、俺とも草相撲をしないか」

「ええ？　子どもの遊びよ」

アイヴァンは分かっている。自分があの小さな男の子に嫉妬しているということを。

エクシアに後ろから優しく抱きしめられ、手を取られて草相撲に勝たせてもらうなんて、アイヴァンだってしてもらったことがない。

あまりにも大人げなさすぎる感情であることは理解しているが、自分もエクシアに甘えたい、という欲求が少なからずあった。

「良いだろう？　やったことないんだ。それに、強い草の選び方も知りたい。門外不出の秘伝の技術というわけでもないんだろ？」

子どもじみた物言いだと分かっていても、言葉が止まらない。けれどエクシアは苦笑しながらも、良いわよと優しい声で返してくれた。

アイヴァンはその声を記憶に留めようと、そっと目を閉じた。

次の日の夕暮れ、ランタン祭りのダンスパーティーが幕を開けた。

エクシアは鏡の前で何度も何度も自分の格好を確認した。

鮮やかな赤毛は編み込みを用いながら結い上げ、後れ毛を微かにうなじに垂らしている。

その赤毛を引き立てるように、ドレスは淡い水色で、品の良いレースがあしらわれている。

いつもは履かないハイヒールは、踵のところにガラスがちりばめられており、動くときらりと光って見えるのがエクシアの気に入っているところだった。

普段なら最低限しかしない化粧も、メイジーのアドバイスを思い出しながら念入りに施した。写本の飾り文字を書いているようで、少し楽しかったのは内緒だ。

(素敵なお店で選んだんだもの、少なくともアイヴァンの横に立ってもおかしくないくらいにはなっているはず……！　ああ、どうか失敗しませんように)

緊張で高鳴る胸を押さえながら一階に降りると、アイヴァンが立っているのが見えた。

黒いダンス用の燕尾服に、白い手袋をはめている。

おずおずと手を振れば、少し驚いたように目を見開いた。

「待たせてしまったみたいね」

声をかけたのにアイヴァンは絶句したままだ。怪訝そうに首を傾げると、ようやく目を瞬かせながら、

「——ああ、いや。見惚れていた。綺麗だな、エクシア」

「ありがとう。あなたもいつも通り、颯爽としてるわね」

パーティー前のお約束のやり取りをこなしたエクシアは、アイヴァンが差し伸べる腕を取り、さっさと大広間に向かおうとする。

だがアイヴァンは動かない。どうしたのだろうと見上げると、じっと自分を見つめる視線をまともに受けてしまう。

金色の眼差しは、やけに熱がこもっているように見えた。

「ど、どうしたの？　何か変なところがある？」

「いや、全く。君は完璧だ。……エクシア、普段からパーティーに出ないということは、ドレスを着るのも久しぶりなんだろう？」

「そうだけど、やっぱり着慣れてないことが分かっちゃうかしら？」

上目遣いで尋ねるエクシアに、アイヴァンは、んっと喉の奥で唸る。

「そんなわけないだろう。とても似合っている。……似合ってるから、その姿を俺以外の人間に見せたくないと思っただけだ。できることなら、君のダンスのパートナーをずっと務めさせてもらいたいくらいに」

アイヴァンの口調は本気だった。彼の視線が、エクシアのうなじやデコルテに注がれているのが分かって、エクシアは微かに顔を赤くする。

（っ駄目(だめ)よ、これは社交辞令。本気にしない！）

「そ、そう言えるのもダンスが始まるまでよ。私本番に弱いタイプなの」

「胸を張って言うことか」

苦笑するアイヴァンがやっと前を向いたので、エクシアはほっと息を吐く。真顔のアイヴァンの眼差しは、獅子(しし)のように迫力(はくりょく)があって、ずっと受け止めているとどぎまぎしてしまうのだ。

「わあ、綺麗ね！」

大広間のランタンは昼間よりも数を増やしており、色も銀色が追加されている。青と銀に染まった大広間には、楽団と着飾(きかざ)った人々がひしめき合っていた。

軽快な音楽と共にダンスする人たちの、翻(ひるがえ)るドレスの裾(すそ)が、ランタンの光を受けて鈍(にぶ)く輝いている。このような場所でも本を持ち込んで盛(さか)んに議論している人々がいるのは、さすがは図書館のダンスパーティーと言うべきだろう。

「さあ、行くか」

音楽が止まり、拍手(はくしゅ)が響(ひび)き渡(わた)った。アイヴァンがエクシアの手を取る。

「えっ、もう？」

「大丈夫、練習通り、俺の動きに合わせて踊ればいい」

にっこりと笑ったアイヴァンは、滑るような足取りでダンスフロアに向かった。

音楽に合わせてステップを踏むアイヴァンの動きに、エクシアは必死でついてゆく。リラックスして、と囁かれたような気もしたが、緊張で何も分からない。

いくつかステップをミスし、音楽から外れた動きをした。けれどそのたびにアイヴァンは根気強くエクシアの動きを修正してくれ、どうにか見られるダンスにカバーしてくれた。ような気がする。

一曲踊り切った後は頭が真っ白だった。いつの間にかダンスフロアを出て、苺の入った爽やかな飲み物を手にしていた。アイヴァンはにこにこしながらシャンパングラスを傾けている。

「……あの、ごめんなさい」

「ん？　何に対する謝罪だそれは」

「ダンス、たくさんミスしちゃって」

「カバーできる範囲だったからミスには入らない」

アイヴァンはにっこりと笑って、エクシアの肩を親しげに叩いた。

「大分上手くなったな。見違えたぞ」

エクシアは、むう、と唇を尖らせてアイヴァンを見上げた。

（……この人には、敵わないわね）

一枚も二枚も上手なのだ。少しだけ悔しさを感じながらも、エクシアは笑みを浮かべた。

「だとしたら、忙しい合間を縫ってダンスを教えてくれたアイヴァンのおかげね。ありがとう」

どういたしまして、とおどけてお辞儀をするアイヴァンを見つめながら、エクシアはふと思いついた。

（お礼をしなくちゃ。ちょうどいいものがある）

それから二人は二曲踊った。三曲目ともなるとエクシアも慣れてきて、周りのカップルを見る余裕が生まれた。ダンスが終わってフロアから引き揚げながら、エクシアは呟く。

「何だか図書館では見ないような人がいたわね」

「ああ……」

アイヴァンは途端に苦虫を嚙み潰したような顔になった。

「恐らく俺目当ての貴族だろう。最近はダンスパーティーへの参加を控えていたから、俺が出ると知って勢い込んで参加したに違いない」

エクシアは一瞬考え込んでから、

「……ああ、あなたの婚約者の座が欲しい人たちね」

と合点がいったように頷いた。

「ならあの人たちに勘違いさせてしまわないよう、ちゃんと言っておいてね」

「何を言っておけって？」

「私はただの図書館の案内人で、あなたは善意で私のダンスのパートナーになってくれただけだってこと。婚約者候補なんかじゃないって伝えておかないと、揉めそうじゃない」

そう言うとエクシアは、アイヴァンが何か言う前に、ちょっとごめんなさい、と詫びてその場を離れた。


「……自分が婚約者候補かもしれない、という発想はないのか」

面白くなさそうにアイヴァンが呟く。

一人になった瞬間、彼の周りを若い女性たちが取り囲んだ。

「アイヴァン様、ご機嫌麗しゅうございますか。今日は素敵な夜ですこと」

「このランタンの美しさったら！　私図書館には来たことがなかったのですが、これが見られるなら毎日通ったって良いわ。読書は好きなんです」

「……このランタンは、祭りの間しか飾られないそうですよ」

「あら、そうなんですの。ところでアイヴァン様、先程の女性は一体……？」

「フィラデルフィア伯爵家の二番目のご令嬢ですわよね？　ダンスはあまりお上手ではな

さそうでしたけれど」

「小柄な方ですから、アイヴァン様と並ぶと、何だかバランスがねえ」

クスクスと嘲笑する女性たちに、アイヴァンの口元が引きつる。

普段ならもう少し辛抱するところなのだが、我慢ならなかった。

「失礼。連れを迎えに行きますので」

そう言って大広間の外に出る。エクシアを捜すというよりは、一人で頭を冷やしたいという思いで、飲み物を口にしながら図書館の一階をしばらく散歩していると——。

「おっ、噂をすればアイヴァン様」

薄暗い通路に立っていたのはアナベルだ。顔にペイントをし、男装をしているのが様になっている。

その前にはエクシアの姿もあった。ほの白く光る何かを手にしている。

「エクシア。それは氷の焔か？　持ち運びできるサイズの物もあるんだな」

頷いたエクシアは、アイヴァンに説明した。

「これは百合のランタン。悪いものを遠ざけるお守りみたいなもので、あと十日くらいは光り続けてくれるわ」

ミルカ・ハッキネンが百合を好んでいたことから、百合の花を模した形のランタンになったのだという。アイヴァンの両手の中に収まるほどの大きさだが、青白い光が綺麗だ。

「これ、あなたにあげるわ。どうか悪いものがあなたに近づきませんように」

　エクシアが微笑んでそれを差し出す。

　なぜか背後でアナベルがニヤニヤしているのが気になったが、アイヴァンは両手を出してそれを受け取った。特殊な素材でできているのだろうか、ランタンは軽かった。

「ありがとう。素敵な贈り物だ」

「……ちなみに、その百合のランタンには厄除け以外にもう一つ意味があって」

　アナベルは今にも噴き出しそうな声で説明する。

「ランタン祭りの終わりに、女性から百合のランタンを贈ることは、愛の告白と見なされるんだよ。で、それを受け取ったら、告白は成立」

「……はぇ⁉」

　初めて聞く種類のエクシアの声が響く。白磁のような肌にはみるみるうちに赤みが差し、そのうち耳まで真っ赤になった。

「か、か、返して！　そういうつもりじゃなかったの、綺麗だからお礼にあなたに渡したくて、こ、告白とか、全然そんなの知らなくって」

「いーや返さない」

　すがるように手を伸ばしてくるエクシアから、ひょいとランタンを遠ざける。エクシアは懸命に背伸びをするが、ハイヒールを履いていても二人の身長差は埋めがたく、ランタンを奪い返すには至らない。

エクシアは半泣きになりながら、なおも手を伸ばしてぴょんぴょんとジャンプする。

「ほんとに返して！　じゃなきゃ今すぐ燃やすわよ！」

「あっははは、エクシアったら本当に知らなかったなんて！　周り見てみなよ、カップルだらけじゃん」

「周りなんて見る余裕ありません！　ダンスを成功させるのに精いっぱいで……。あの、アイヴァン、本当にそういう意味はなかったの、ごめんなさい、信じて」

エクシアがあまりにも情けない顔をするので、アイヴァンは思わず笑ってしまった。

「謝ることないだろ。分かってるよ、お守りになるからくれたんだよな」

エクシアの顔がぱっと輝く。

「そう、そうなの、分かってくれるわよね」

「えー。アイヴァン様もまんざらでもなさそうな顔してたけど」

アナベルはつまらなそうにアイヴァンを見るが、第一王子は涼しい顔のままでいる。けれど『上級魔術師』であるアナベルの鋭い目は、アイヴァンがエクシアから贈られたランタンを、両手で大切に持っていることを観察していた。

綺麗なものや高価なものなど、飽きるほど贈られているであろう第一王子が、十日間ていどの寿命しかない百合のランタンを、まるで世界に一つだけの宝物のように見つめているのだ。

「大丈夫だ、ちゃんと分かっているよ」

アイヴァンの小さな声には、どこか落胆が含まれているようにも聞こえる。

整えられた綺麗な片眉を上げ、アナベルはふうんと呟いた。

「これは意外と——百年前の再来になるかもね？」

四章

図書館の穏やかな空気に慣れてしまうと、王宮が少しだけ澱んでいるような気がしてしまうのは、良くない傾向だとアイヴァンは思っていた。

自分が生きるのは王宮という泥水の中であって、図書館の静謐な空気の中ではないのだから、あちらに順応してはいけない。

その自覚はあるのだが、エクシアを訪ねて図書館へ行くと悩みやストレスがいくらか軽減され、ほっと息がつけるのだから、つい癖になってしまう。

アイヴァンは王宮の執務室の中、必死に書類をめくり続けながら、図書館のことを考えていた。

「殿下、ディール川の橋の修復についてご署名を頂きたく」

「こちらは今月の税収取り纏め表になります。ご確認の上ご署名をお願いします」

「今年生まれた子の数と人口数の推移表です」

「陳述書です」

次々と机の上に置かれる書類は山脈を築き始めている。アイヴァンとて手を抜いているわけではないのだが、仕事は減ることを知らず、考えるべきことはそこら中にあった。

アイヴァンは引き出しを開け、素っ気ない木の箱を取り出す。そこにはエクシアからもらった百合のランタンが収められていた。

蓋を開けて指でガラスのランタンに触れる。既に氷の焔は無くなっており、輝きは失せていた。けれど思い出までもが消えてしまったわけではない。

このランタンを見つめるたびに、アイヴァンの脳裏を、顔を真っ赤にしたエクシアの姿が過ぎるのだ。これを渡すことが愛の告白であると知らなかった、世間知らずの彼女の慌てぶりといったら、傑作だった。と同時にアイヴァンの心には鈍い痛みも走る。愛の告白をあれほど必死に否定する以上、アイヴァンが思う程、エクシアはアイヴァンのことを思ってはいないらしい。

第一王子である自分が、自由に人を好きになれるとは考えていない。時が来れば相応の貴族の娘を迎え、後継ぎについて考え始めるのだろうと、他人事のように思っていた。

そのプランが今、とてもつまらないもののように思えてしまうのは、心の中に住み着いて離れないあの赤毛の娘のせいだった。

すぐ巣穴に潜り込んでしまうはりねずみのように引っ込み思案なくせに、写本のことや専門的なこととなると、驚異的な知識とひらめきを見せる、彼女のせい。できることなら、世間の様々な理不尽から守ってやりたいと思う。

そう考えるなら、できる限り王宮には近づけない方が良い。権謀術数が渦巻くこの世界で、彼女が上手く切り抜けられるとは思えない。

「……だが、それで諦められるなら、苦労はしない」

呟いたアイヴァンの耳が、廊下を足早に歩く従者の足音を聞き付ける。箱を素早く引き出しに戻し、息せき切った様子で執務室に駆け込んできた従者を迎え入れると。

「畏れながら殿下、図書館長どのがいらしています」

「図書館長どのが？　すぐに入って頂いてくれ」

「ありがとう。お邪魔するよ」

従者の背後からのっそりと現れたのは、長いローブに目元のみを隠す仮面を着けた、図書館長だった。

「なっ、い、いつの間に!?」

案内した覚えのない従者が、ぎょっとしたように仮面を凝視している。

図書館長は従者になど目もくれず、ただ巨大な猛禽類のように感情を感じさせない眼差しで、アイヴァンをじっと観察している。

アイヴァンはその視線を撥ねのけるように、にっこりと微笑んで、図書館長に椅子を勧めた。

「よく執務室まで案内なしに来られましたね。案内なしでは王宮を歩けないよう、防備魔術がかかっていたはずですが」

「なあに、王宮の防備魔術は堅牢だが、時代遅れだからね。技術は日々進歩している。我ら図書館の人間に、防犯機能をメンテナンスさせることを勧めるよ」

音もなく現れたメイドが、図書館長に飲み物を尋ねる。炭酸水をオーダーした図書館長は、くつろいだ様子で足を組んだ。

「エクシアくんとは仲良くやっているようだね。君、彼女をどうするつもりだい？」

「図書館を案内してもらっているだけですよ。彼女のおかげで、ランタン祭りのダンスパーティーにも参加させてもらいました」

「ああ、見ていたよ。普段の舞踏会では取ってつけたような笑みを浮かべている君が、随分嬉しそうに踊ってるなあと思ったものだ。……で、どうするつもりなんだい？　彼女をたぶらかして図書館に入り込み、一体何を得ようとしている？」

言葉に微かな棘が滲み、アイヴァンは笑みを浮かべたまま身構えた。

「そんなことを聞いてどうなさるおつもりです？」

「うちの可愛い最年少『魔術師』を泣かせたら、第一王子だって許さないよ、と警告するつもりだ。まあ、君に限ってそんなことはないだろうが」

図書館長はふっと笑ったがそれもつかの間、すぐに真剣な声で言った。

「単刀直入に用件を伝えよう。昨晩、図書館で侵入者を十数名捕縛した。いずれも禁書の棚を狙った不届き者だったが、どの棚に何があるか知らなかったのだろう。すぐに全員捕まった」

「――その侵入を手配したのが私だと仰りたいのですか」

「いやいやまさか。君のように目端の利く人間が、あんな迂闊な侵入者を送り込むはずがない。エクシアくんに図書館を案内してもらっていた君は、どの棚に何があるか、ある程度把握済みだろう。だが侵入者たちは、ダミーの棚にことごとく引っかかっていた。図書館に不慣れな人間の差し金だ」

　アイヴァンは微かなため息をつく。

「ああ、それが誰だか容易に想像がつきます」

「だろうとも。侵入者のうちほとんどは外国の傭兵だったが、うち一人が、ある公爵家の紋の入った葉巻を手にしていた。その紋とは即ち流れ星、地上に落下する星の名を冠する公爵家と言えば」

「デザストル公爵」

　図書館長は上機嫌に頷いた。

「ねえ、分かるだろう第一王子どの。我ら図書館は王宮の関与を好まない。戦火を好む君たちは、我ら書物を愛する人間とは相いれない」

「そんな時代もありました。ですが父王も私も、あなたたちと同様に戦火を避けたいと考えています」

「まあ、それは分かってるんだけどね」

図書館長はあっさりと頷く。アイヴァンがミルカ・ハッキネンの『真珠の部屋』に入ることができたことくらいは知っていたし、彼がミルカの日記を元に、何かを探しているというのも既に把握済みだった。

その何かというのも、図書館長には想像がついている。

「ただまあ、デザストル公爵とやらに勝手をされるのも困るんだ。侵入者たちのせいで何冊かの本を修復しなければならなくなったし、蜘蛛たちも何匹かやられた。『機関部』はおかんむりだ」

「それは申し訳ございませんでした。すぐに弁償を」

「いいよ。弁償を要求しに来たわけじゃないことくらい、分かってるだろう」

アイヴァンは目を細めて図書館長を見た。性別や年齢を明かさないながらも、図書館を二十年統べている偉大な人間の言葉の真意を探るため、沈黙に時間を費やす。

「――デザストル公爵を捕らえろということですか」

「そこまでは求めないが、できればしっかりと首根っこを押さえておいてもらいたい。彼の領地には写本に欠かせない素材がたくさんあるのは既にご存じとは思うが、その値段が上がりつつあるんだよ。――どうやら彼は投資に失敗して、手元不如意の状態らしいね」

さらりとアイヴァンの知り得なかったことを告げると、図書館長は体重を感じさせない動きで立ち上がった。

「君が図書館に馴染もうと努力しているのは知っているし、エクシアくんに良い影響を与えてくれているのも分かっている。私個人としては、君に協力するにやぶさかではない。――だが」

仮面の向こうの目が剣呑な光を帯びる。大きなローブはさながら影のように蠢いて、執務室の温度を微かに下げた。

「図書館は、悪意を持つ者を許しはしない。私たちは、いかなる暴力もいかなる権力も拒むだろう」

予言めいた言葉を残すと、図書館長はひらひらと手を振って、勝手に執務室を出て行った。アイヴァンは長いため息をつき、手にじっとりと汗をかいていたことに気づく。

それを行儀悪くズボンで拭うと、エクシアが桃を写本用のナイフで切ろうとしていた姿が思い出されて、ふと口元が緩んだ。

「失礼します殿下。デザストル公より面会の申し入れがございます」

「噂をすれば、だな。三十分後に行くと伝えてくれ」

「承知いたしました」

図書館長の訪問を予期していたかのようなタイミングに、アイヴァンは警戒心を強める。

デザストル公爵はさすがに宮廷内の政治に長けており、図書館長が言うほど簡単に首根っこを押さえられる相手ではない。

しかし、アイヴァンがミルカ・ハッキネンの日記を調べていることは、既に向こうも把握しているだろう。図書館への出入りも気づかれている。

ならばいずれ敵対する立場であることを、ここで一度はっきりとさせておいた方が良いかもしれない。

そう考えながら三十分後に応接室へ向かったアイヴァンは、肩透かしを食うことになる。

そこで待っていたのは、目にも鮮やかな真紅のドレスを纏った、レベッカ・デザストル――デザストル公爵の娘だったからだ。

豊かな稲穂を思わせる金色の髪を緩く前に垂らし、艶然と微笑んでいる。

「ご機嫌麗しゅう、殿下。お忙しいと聞き及びまして、私めがお慰めに参りました」

「レベッカ嬢。これはこれは、わざわざこんなところまでお運び下さいまして」

「まあ、殿下ったら眉間に皺が寄っていましてよ。少しリラックスなさらないと」

そう言ってゆったりと、優雅な手つきで綺麗な箱を差し出すと、中に入っていたチョコレートを見せ、これはプラリネ、これはガナッシュ、と説明を加える。

指先は真っ白で、チョコレートの味を説明する声は甘い。自分の見た目と振る舞いの効果を熟知しているレベッカは、アイヴァンを見上げて軽く微笑む。そうすることが自分の務めの全てであると理解しているのだ。

何もかもがエクシアとは違う、と思った。

エクシアの指は白いが、いつもインクや何かの植物の汁で汚れている。声は可愛らしいが、紡がれる内容は本のことばかりで、しかも物凄い早口だ。

加えて言うなら、自分の存在そのものが誰かを幸せにするとは考えていない。自分の生み出す成果が、自分の成し遂げ得る全てだと思い、そこに心血を注ぐ。

それでも、アイヴァンはエクシアが良かった。髪を振り乱しながら、一文字一文字に命をかけるような、彼女の仕事に対する姿勢が好ましかった。その知識量とたゆまぬ努力に尊敬の念を抱いた。職人のように製本に打ち込む姿を眩しいと思った。

自分が他の娘と比べられているとはつゆ知らず、レベッカはアイヴァンに着席を促す。

「どうぞお座りになって。今紅茶を運ばせておりますわ。甘いものを少し召し上がって、休憩なさいませ」

「……いえ。結構です、レベッカ嬢。そんなことをしても、あなたと私の時間をいたずらに浪費するだけでしょうから」

「――それはなぜでしょう、殿下」

「デザストル公と私は反目し合っている立場です。そんな中であなたと会えば、いらぬ誤解を与えかねない」

「誤解などどこにもありませんわ、殿下」

完璧な微笑みは空恐ろしい。レベッカは完璧な角度で小首を傾げてみせた。

「だって父の言うことは常に正しいんですもの。父が戦争をよしとするなら、それが正しいのです。きっといつか殿下にもお分かり頂けるでしょう」

アイヴァンは言葉の通じないことに少しだけぞっとする。

けれど向こうも自分に対して同じ感情を抱いているのかもしれない。分かり合うことはいつだって途方もなく難しいことだ。

「そう、この際ですから言わせて頂きますけれど、殿下は少しばかり、ご自身のご威光に無頓着すぎるきらいがありますわ。私、図書館で踊る殿下を拝見しました。僭越ながら、第一王子たるもの、お相手選びには細心の注意を払わなければならないと存じます」

アイヴァンは思わず笑ってしまった。

「代わりに、レベッカ嬢をお誘いすべきだったと?」

「ええ、そうですわ。私でしたら外に出しても恥ずかしくない教育を受けております。ですが殿下がお相手に選ばれていたあの娘、フィラデルフィア伯爵の次女ということで、家柄は悪くないようですが――」

「ああ、そこまでで結構」

相手の、しかも淑女の言葉を遮るなど、アイヴァンが今までしたことのないマナー違反だった。レベッカは信じられないといった様子で目を見開く。

だがアイヴァンには、今の無礼を謝罪する気はなかった。

「たとえあなたのように、外に出しても恥ずかしくない教育を受けたご令嬢がいたとしても、私はエクシアをパートナーに選んだでしょう。きっとあなたやあなたの御父上は、彼女の価値を知りもしないでしょうが」

次々と脳裏に浮かぶのはエクシアの姿だ。

オートマタにビビという名をつけ、魔力を与える姿。桃の果汁を口の端から滴らせながらも、それを舌で舐め取る姿。小さな体を丸め、書物に没頭する姿。ほんの僅か残った寝ぐせを気にするように、何度も手櫛で髪を直す姿。

人の名前と顔、それから話した内容を記憶に留めておくのは、既にアイヴァンの中に習慣づいていることだった。けれど、エクシアとの思い出は、記憶に留まるという段階をとっくに通り越していた。

黙っていても思い出せる。一人になった時にふと思い出してしまう。それがエクシアなのだ。これほどまでに心奪われる存在を、アイヴァンは他に知らない。

「加えて言うなら、レベッカ嬢。私はあなたの御父上の考えには、どうしても賛成できない。私たちが対立してしまうのはきっと、避けられ得ぬ運命かと思います」

レベッカは微笑みを浮かべていたが、彼女から醸し出される空気が一気に冷えた。

「然様でございますか。殿下はまだ暗闇の中にいるようですわね。残念ですわ」

爪の先まで磨き込まれた手が、チョコレートの箱に静かに蓋をする。

「父は、私ほど慈悲深くございません。目的を達成する為なら、どんな手段でも取るでしょう。そうして今の地位に上り詰めたのですから」

「それを疑ったことはありませんよ、レベッカ嬢」

レベッカはにこりと微笑むと、音もなく立ち上がった。優雅な一礼は完璧だったが、その綺麗な顔に浮かんだ憤怒の色は隠しきれていなかった。

アイヴァンはレベッカを見送ることもせず、ただ卓上を見つめていた。

面白くない。全く面白くない。

レベッカ・デザストルは舞踏会で失敗したことがなかった。美しい容姿に、恵まれた家柄を持つ彼女は、常に流行の最先端を行くドレスを纏い、最上級の男性と踊っていた。

それが、どうだろう。

第一王子アイヴァンが図書館で行われるダンスパーティーとやらに出るというので、いそいそと駆けつけてみれば、お目当てのアイヴァンは、どこの馬の骨とも知れぬ赤毛娘と踊っているではないか！

許されない。その場で一番優れたものは、レベッカに所有権がある。

ゆえに、アイヴァンはレベッカのものであり、彼と踊る権利はレベッカにだけあるはずだったのに。

「たかだか図書館の『魔術師』程度に後れを取るなんて。一生の不覚だわ」

あの場にいたレベッカはいつもより少しだけ地味なドレスを纏っていたが（図書館のようなかび臭い場所で、最先端のドレスを着ていては、却って場違いだろうと気を遣ったのだ）、アイヴァンの目を惹く美しさであったはずだ。

だというのに、アイヴァンはレベッカとは一度も踊らなかった。レベッカは負けたのだ。エクシア・フィラデルフィアとかいう小娘に。

怒りは長く長くレベッカの心を苛んだ。

しかしレベッカは慈悲深い方だ。彼女はさり気なくアイヴァンの過ちを指摘し、正してやろうと、彼のもとを訪れた。

その結果があの素っ気ない態度である。自分ばかりか、父をも軽んじる発言に、レベッカは本気でアイヴァンの神経を疑った。

図書館には、レベッカたちがまだ知らない魔術があるというし、そんな秘術で操られているのかもしれないとさえ思う。まったく王宮の警備はどうなっているのか。

だが幸運なことに、レベッカの怒りに呼応してくれる人間がいた。

父親である。彼はアイヴァンの政治的な方針というやつが気に入らないらしかった。何でも金儲けの邪魔をしてくるらしい。だからこそレベッカは、アイヴァンと結婚することで、彼を懐柔しろと言われているのである。

「しかし第一王子は、図書館の『魔術師』と踊ったんだろう？　お前がいたのに」

「そうよ、お父様！　信じられる!?　しかもダンスは下手くそ、背丈はちんちくりん、ドレスは……まあ、図書館みたいなダサい場所にはぴったりだったわね」

「名前を知ってるか」

「ちゃんと確認したわ。エクシア・フィラデルフィアって娘」

デザストル公爵は素早く計算を巡らせる。

フィラデルフィア伯爵は、野心もなければ根性もない、ただ代々受け継いできた土地で名馬を育てているというだけで今の名誉を得ている男だ。成り上がりを目指すデザストル公爵にとっては、見ているだけで腹が立つような日和見の男。

敵に回しても何ら問題はない。

デザストル公爵は、ノーザンクロス王国が戦争をしかける口実を作るために暗躍していた。戦争になれば魔導書の出荷は増え、魔導書に欠かせない素材を多く売っているデザストル家にとっては濡れ手で粟の状態になる。

「いい加減戦争を始めてくれないと、私の懐はすっからかんになってしまう。少し強めに揺さぶるとしよう。それに図書館の人間であれば、多少なりとも情報を引き出せるかもしれないし」

そう独り言ちたデザストル公爵は、ヘソを曲げている愛娘に、猫撫で声で言う。

「レベッカや。その娘の顔に傷がつくところを見たくはないか」

「顔だけじゃ嫌、体にも傷をつけて、二度と結婚なんて考えられないようにして」

「まあ、見せしめにはそのくらい必要か。第一王子にもそろそろ為政者としての自覚を持ってもらわなければならないからな」

父と娘は顔を見合わせると、互いの企みを称えるように笑った。

図書館の中には、独特の空気というものがある。

それは蔵書たちの呼吸のようなものであり、静寂の中に響く彼らの静かな歌声のようなものだ。長く図書館にいると、今日は何だか蔵書たちが落ち着いているとか、逆に騒がしいというようなことが肌で感じられる。

「……何かしら。今日は少しざわざわする」

開いた魔導書の文字が、どこか毛羽立っているような。いつも滑らかにエクシアの指を迎える革の表紙が、やけにべたついているような。

エクシアはその感覚を見逃さなかった。こうして書物たちが騒がしくしている時は、大抵どこかで問題が起こっている。

「こんな時は引きこもるに限るわね」

仕事が切羽詰まっている時に備えて、クッキーやチョコレートなどの軽食は常に備蓄してあるし、コーヒーや紅茶も飲めるようになっている。

しばらくの間、ゆっくりと製本を進めていたエクシアの耳に、びー、びーという音が聞こえてくる。エクシアは手を止め、耳を澄ませた。

「……ビビ？」

蜘蛛のオートマタたちは、問題が起こるとアラート音を出して『機関部』に連絡するようになっている。

何かあったのだろうか。緊迫感のあるビビの鳴き声に、エクシアは一瞬迷う。

(今は、外に出ない方が良いかしら……。でも、ビビに何か起きているのかもしれない)

迷った末に、エクシアはそうっと仕事部屋を出た。

二階へ向かうと、ビビの声だけではなく、他のオートマタたちのアラート音も聞こえてきたので、エクシアは身構える。

（オートマタがこんなに一斉に反応するなんて初めて。どこかで罠が誤作動して、それに反応しているとか……？）

書架に姿を隠しながら、エクシアは周囲を観察する。もし罠が誤って作動しているのだとしたら『魔術師』としてその罠を回収しなければならない。

（図書館内で使える魔術は限られてる。状況を確かめて、すぐ『機関部』に連絡を――）

そう思いながら一歩踏み出した瞬間だった。

「見つけた」

地を這うような声が後ろから聞こえてきて、エクシアはぱっと振り向いた。

短剣を逆手に構えた男が、体を低くしてこちらに突進してくる。ギラリと光る刃が、容赦なくエクシアを狙う。

「……っ！」

悲鳴さえ出せないまま、エクシアはとっさに書架に平置きにされていた石板を、男に向けて払い落とした。振りかぶった刃がその石板に当たる乾いた音がする。

けれどそれを聞いている暇はない。エクシアは痺れたように動かない足を叱咤しながら、書架の間を駆け出した。

「見つけたぞ！　追え！」

男の鋭い命令と共に、あちこちから足音が聞こえてくる。いずれも『魔術師』やオートマタではない、重たい足音だ。鞘から剣を抜き払う音も聞こえてきて、エクシアは総毛立った。

(見つけた、と言っていた。あの人たち、もしかして私を狙ってる⁉)

エクシアを追いかける男たちは、足音からして五人以上はいるだろうか。地の利はエクシアにあるが、回り込まれたら逃げ場がなくなる。

(オートマタたちのアラートのおかげで、異変が起きていることには皆気づいているはず。安全な場所まで逃げ込めれば……!)

「……っ!」

何かが足を掠め、かっと熱い痛みが走る。転びそうになったが何とかこらえ、エクシアは走り続けた。多分血が出ているのだと思うが、ここで立ち止まったらやられる。

エクシアは二階の階段にたどり着き、一気にそこを駆け下ろうとした。

だが。

「捕まえたぞ!」

「きゃあっ!」

腕を強く引かれ、男たちに捕らえられてしまう。男はエクシアの体を簡単に押さえ込み、後ろ手に拘束すると、階段の微かな明かりで顔を確認した。

「――間違いない。エクシア・フィラデルフィアだ」

「暴れるなよ。俺たちの質問に答えれば無傷で逃がしてやる」

男たちは全部で五人。彼らは皆口元を黒い布で隠し、短剣を持っている。

エクシアは身じろぎ一つできないことに呆然としながらも、乾く唇を舐め、必死に虚勢を張った。

「……何を聞きたいの」

「強い攻撃力を持つ魔導書の場所へ案内しろ。強い呪いをかけられる魔導書でも良い」

「さあ、知らないわ」

「お前が最年少の『魔術師』であることは分かっている。どこにどんな本があるかも熟知しているのだろう？　知らないという答えは認めん」

ぎりりと強く腕を捻り上げられ、エクシアは顔を歪めた。だが悲鳴だけは漏らしてなるものかと、唇を嚙み締める。

「あなたたちが図書館に何を求めているかは分かっている。魔導書の場所を教えるから、自分たちで行きなさい」

「この図書館が罠だらけということは分かっている。その手には乗らんぞ」

誰かがエクシアの髪を強く引いた。思わずのけぞった顎に、ひたりと短剣が押し当てられる。その冷たい感覚に、嚙み締めたはずの唇が震える。

「殺しはしない。だが二目と見られぬ顔にしても良い、との許可は得ている」

「ッ」

「俺たちも若い娘の顔を切り裂いて喜ぶ趣味はないんだ。さあ、魔導書の場所を言え、そして案内しろ。王子にしたようにな」

「絶対に嫌」

魔術を、人を痛めつけるために使おうとする人間に、大切な図書館を案内するなどまっぴらごめんだ。どうせ戦争だの何だのと、下らないことに使うつもりなのだろう。

「顔を傷つけられたって構わない。私は絶対にあなたたちの言うことを聞かない」

「――ならば顔は止めよう。お前は『魔術師』だったな。製本や写本をすることが生業だと聞いた」

エクシアを拘束した男は、ぞっとするような声で言った。

「指を落とそう。まずは小指、これなら無くてもそこまで支障はないだろう？」

喉の奥で悲鳴を押し殺すことはできたが、体が震えるのは止められなかった。男が耳元で下卑た笑い声を上げる。

恐怖で身動きが取れなくなった、その瞬間。

「彼女を放してもらおうか！」

聞き慣れた声が響き渡ったかと思うと、エクシアを縛めていた男がぐっと唸り声を上げ、拘束が緩んだ。

慌てて振り返ると、男はちょうど銀髪の青年に殴り飛ばされているところだった。骨と骨がぶつかり合うような嫌な音が聞こえる。

『びび！』

「アイヴァン……！　ビビも！」

他の男たちがアイヴァンを見て怯む。当然だ、第一王子に剣を向ける不敬があってはならない。

アイヴァンは男から奪った短剣を構え、凄まじい形相で襲撃者たちを睨みつけた。エクシアが今まで見たことのない凶暴な表情だった。

「足の怪我は大丈夫か、エクシア⁉」

「え、ええ……。血は出てるけど、そこまで深い傷じゃないと思うわ」

アイヴァンはエクシアの腕を取り、全身をくまなく眺めて確かめる。足以外は無事だと分かると、苦しそうに顔を歪め、エクシアの体を強く抱きしめた。

（えっ？）

「さぞ怖い思いをしただろう。怪我はさせてしまったが、君が無事で良かった……。ビビがいなければ危うく君を見逃すところだった」

安堵のため息が、エクシアの耳をくすぐる。ばくばくとうるさい心音は、果たしてエクシアのものなのか、アイヴァンのものなのか。

アイヴァンの指先が慰撫するようにエクシアの腕を撫ぜ、名残惜しそうに離れてゆく。

その時見たアイヴァンの表情を、エクシアは忘れないだろう。

(苦しそうな、愛おしいものを見るような……ああ。そんな目で見られると、勘違いしてしまいそうになる)

苦しそうだった顔はすぐ怒りの形相に煮え立ち、アイヴァンは殴り飛ばした男に近寄ると、その男の首筋に短剣をあてがった。そのまま怒りを湛えた声で叫ぶ。

「お前たちを雇ったのは誰だ。言わなければこの男を殺す」

「くっ……」

「察しはつくがな。大方デザストル公爵の差し金だろう」

襲撃者たちは答えない。その代わり踵を返して逃げ出そうとした。

『びーっ!』

だが、彼らの前に、ビビを始めとした蜘蛛型オートマタたちが立ちはだかる。床ばかりか書架をも埋め尽くすほどのオートマタたちが、襲撃者の行く手を完全に塞いでいた。

彼らのルビーの目は、襲撃者の全てを記録するように、忙しく瞬いている。

狼狽える襲撃者たちの肝を更に冷やしたのは——オートマタたちの向こうから現れた、大きな人影だった。

「さて、さて。一体どうしたものかな」

性別不詳の声の主は――図書館長だ。相変わらず長いローブを纏い、表情を窺わせない仮面を着けている。

けれど、その全身に漂っているのは、いっそ冷ややかなほどの怒りだった。

蜘蛛たちを踏まないよう器用に歩み寄って来た図書館長は、呆然としているエクシアの足を見た。

「血、出てるね。彼らにやられたの？」

恐る恐る頷くエクシアに、図書館長はにっこりと笑った。

「そうか。私の可愛い『魔術師』に血を流させたと、そういうわけだね」

図書館長は次にアイヴァンを見た。

「君、さっきデザストル公爵の差し金と言っていたね。それは本当？」

「……デザストル公を止められなかったのは私の責任です」

「うん、本当にそうだね。だが今聞きたいのはそういうことじゃない。君の言葉は真実なのか、それとも虚偽なのか？」

淡々とした口調は、エクシアの肝を冷え上がらせるほど恐ろしかった。アイヴァンは襲撃者の短剣の、柄の所を見せた。

「この柄の細工には独特の蔦模様があります。これはデザストル公爵の私兵のものです。それに私は、デザストル公のご令嬢が、父君に何か企みがあると言っていたのを聞きました」

「結構！」

図書館長は叫ぶと、アイヴァンの手から短剣を奪い取った。そうして懐から赤い表紙の魔導書を取り出すと、その上に短剣をかざした。

「――この短剣を以て、第百九十七代図書館長ヴォルテール・マージナルが、図書館の『閉館』を宣言する。以降図書館は誰にも門戸を開かず、知恵を届けず、沈黙を誓う」

魔導書が凄まじい光を放ち始め、遠くの方から轟音が響いた。

「な……何……!?　何が起きているんですか、図書館長！」

図書館長は答えず、ローブを影のように引き伸ばすと、エクシアを抱き込んだ。

「エクシア！」

アイヴァンの手がエクシアの髪を掠める。エクシアは図書館長のローブにからめとられたまま、呆然とアイヴァンを振り返った。

蜘蛛のオートマタたちが、アイヴァンと襲撃者を出口の方へ運んでゆく。彼らは必死に抗うが、蜘蛛たちは群れとなって彼らの抵抗をいなし、部外者たちを追い出そうとしていた。

「エクシア！」

「……アイヴァン！」

エクシアは、アイヴァンの銀色の髪が蜘蛛たちの群れに掻き消えてゆくのを、信じられないような気持ちで見つめていた。

「図書館長、アイヴァンは無事ですか？　彼は何も悪いことをしていません。私を助けてくれただけなんです……！」

「それでも王族である以上、彼はこの図書館にとっての異物だ。大丈夫、傷つけやしないよ。ただ外に放り出すだけのこと」

傷つけないという言葉を聞いて、エクシアは胸を撫で下ろす。

だが図書館長は、とんでもないことを言い出した。

「図書館の『魔術師』である君を、王宮の貴族が攻撃した。これは王宮の、図書館に対する宣戦布告である。だから、図書館は『閉館』するんだよ」

「『閉館』……？　どういうことですか」

「緊急態勢に入ったということだよ。王宮側に、私たちの技術を悪用されることを防ぐための措置でもある」

図書館長は目を細めて言った。

「王族が心を入れ替えない限り、図書館は永遠の眠りにつく。ここからは持久戦だ」

五章

図書館が『閉館』したという知らせは、瞬く間にノーザンクロス王国中に広まった。

非常に珍しいその姿を一目見てやろうと、学園都市に足を踏み入れた人間は、その異様さに驚くことだろう。

千年の間に拡張を繰り返した図書館は、様々な塔や壁が複雑に入り組んだ建物だった。年代の異なる建築様式が同じ建物に使われているとあって、建築マニアがこぞって訪れるほどだったという。

だが今の図書館は、ただの円柱形の塔に過ぎなかった。

あれほどの書物が一体どこに格納されているのかと思う程、シンプルでコンパクトな外観に収まっている。もっともそれは、図書館の持つ魔術機構によってそう見えているだけのことなのだが、頭では分かっていても驚いてしまう。

その上塔は、外部の人間を拒むように、蔦と木の根で覆われていた。出入り口と思しき鉄扉には、重い錠前がかかっており、もちろん常人では入ることができない。

ただし、図書館の持つ書籍貸出機能だけはまだ生きていた。塔の前には小さな郵便箱があり、利用者が必要な本の書名を書いた紙をその箱に入れると、数分の後に目的の本が箱に入っている仕組みだった。

朝焼けに照らされた図書館は沈黙を保ち、鑑賞されることをすら拒んでいた。

「……なるほど。これは確かに『閉館』しているな」

塔の前に立って呟いたのは、ノーザンクロス王国を統べる国王であり、アイヴァンの父親だった。堂々たる体軀、たくわえた豊かな髭、鋭い眼差しは、どこか大鷲を思わせた。

護衛もつけず、軽装での訪問である。

唯一の供を務めるアイヴァンは、苦々しい思いで図書館を見上げる。

「ノックをしても声をかけても、反応はありません。あの郵便箱に『閉館』を解除するよう依頼した、図書館長宛ての手紙を投函してみたのですが、なしのつぶてで」

「手紙の陳情程度であれが翻意するとは思えん。そもそもお前が懇意にしていたという『魔術師』の娘が血を流したのだろう。『閉館』も無理からぬことだ」

アイヴァンはぎりりと拳を握り締める。

「……私が、デザストル公の企みを事前に阻止できていれば」

「阻止したところで、公は次の手を考えていただろうよ。あれが力ずくで図書館から魔術を盗もうとする限り、この展開は避けられなかった」

「では私の説得が足りなかったということでしょうか」

「仮にデザストル公を説得できたとしても、次なる貴族が同じことを考えたであろう。そも、根深い問題なのだ。図書館と王宮の対立というのは」

王宮は、図書館が十分な知識を提供し、国の為に働かないことにいら立っている。もしくは、本を読み知恵をつけた図書館の人間たちが、自分たちの言いなりにならないことに腹を立てている。

図書館は、王宮の貴族たちの私利私欲によって、尊い知識が悪用されることを警戒している。

互いの不信は今や、沈黙する図書館という形を取って、アイヴァンの目の前に横たわっていた。

「そもそも貴族は、図書館という存在自体が気に食わない者も多い。書物は民に知恵を与える。知恵のない民の方が統治しやすいと考えている骨董品のような連中も、図書館に対しては良い印象を持っていない」

「……やはり、ミルカ・ハッキネンの頃が、奇跡でしかなかったのでしょうか」

「かもしれんな。しかし、諦めるにはまだ早い」

父王はちらりと息子を見る。

「調査を進めているのだろう？　ミルカ・ハッキネンが遺した秘策について」

「はい。ですがなかなかはかどらず……。図書館に何かヒントがないかと思っていたのですが、あのように『閉館』されては手出しのしようもありません」

「そう悲観するものではない。お前には『魔術師』の娘がいるではないか？」

その口調には微かにからかいが込められている。父王はにやりと笑った。

「どのような令嬢ものらりくらりとかわしてきたお前が、まさか図書館の娘に惚れ込んでいるとは、思いもよらなかった」

「惚れ込んでいるわけでは」

「非公式とは言えダンスパーティーという場で、お前が同じ相手と三曲踊ったのは、あの娘以外にいなかったと記憶しているが？」

アイヴァンは苦笑して口をつぐむ。一体父親の情報網はどうなっているのか。

「……王妃には向かない性格の娘です。もっと王宮の厳しさを知っている女性と婚約を」

アイヴァンは最後まで言い切ることができなかった。

エクシア以外の娘と婚約する――それを考えることも厭わしかったからだ。

そんなことはお見通しだとばかりに、父王は笑う。

「王族たるもの、できないことは口にするな。嘘は己の身を亡ぼす」

「嘘、では、ないのです。ただ彼女のためを思うと、そうした方が良いというだけで」

「彼女のためを思うならば、この事態を早く解決してやれ」

言葉の真意が分からず、アイヴァンは尋ねるように父親の顔を見た。

「図書館とて『閉館』することが望みなわけではない。知とは常に変化し、入れ替わる、水の流れのようなもの。それを無理やりせき止め、外部との交渉を断っている現状は、図書館にとっても望ましいものではないのだ」

人の行き来を閉ざすことは、知恵の流れを閉ざすことでもある。

本の貸し出しという形で最低限の流れは確保しているが、このままでは図書館は、酸素が足りずに溺れてしまう、と国王は言った。

「図書館が『閉館』したのは、我ら王宮への不信感ゆえだ。我らが戦争や自らの欲のために魔術を使うのだと考えているせいだ。――ならば、その不信を取り除いてやれば良い」

「……」

「引き続き励めよ、アイヴァン。全てを得るか、あるいは全てを失うかは、お前が手にしているミルカ・ハッキネンの日記次第だ」

予言めいた言葉を告げた国王は、静かに踵を返して王宮に戻る。

アイヴァンはしばらく考え込むように立ち尽くしていたが、やがて図書館を見上げると呟いた。

「全てを得るか、あるいは全てを失うか」

そうしてゆっくり振り向いて、父王の後を追った。

図書館内部は、存外のんびりとした雰囲気に満ちていた。

最初の方こそ皆驚いていたが、そこは図書館を愛し、書籍を恋人とする者の多い『魔術師』たちのこと。すぐにこの状況に順応し、自分の仕事へと戻っていった。

「前に図書館が『閉館』したのって、百七十年くらい前のことらしいよ。その時は外国から攻め込まれそうになって、物理的に門を閉ざす必要があったかららしいけど」

クッキーをぼりぼりとかじりながら話すのは、『上級魔術師』のアナベルだ。

その横には、星見表の勉強会に参加していた同じく『上級魔術師』イオの姿もある。

「今回は王宮の貴族がエクシア・フィラデルフィアを傷つけたから、というのが『閉館』の理由だったな。たかだか一人が傷つけられたくらいで、少し大げさすぎやしないか？」

「これが初回の襲撃ならともかく、既に何度か悪さしようとしたあとだからねえ……。図書館長もだけど『機関部』の連中もかなりご立腹だったみたい」

イオは皿に載ったクッキーの中で、一番縁がかりっと焼かれていそうなものを選んでつまみ上げると、端から神経質にかじり始めた。

「図書館長も『機関部』も、自分の在籍中に一度図書館を『閉館』モードにしてみたかっただけじゃないのか」

「その線が否定しきれないのが、うちらの上司の厄介なとこだよねー。まあでも、エクシアを狙ったのはまずかったよね。あの子、図書館長のお気に入りでしょ」

「ああ、なかなか『上級魔術師』に上げないくらいだもんな。気に食わない奴はさっさと上級に上げるのが常なのに」

「私とあんたみたいにね？」

くすくす笑っていたアナベルが、ふと何かに気づいたように顔を上げ、手を振った。

「おーい、エクシア」

「あ……アナベルさん。イオさんも」

現れたエクシアは大量の書物を抱えていた。傍らには倍の量の石板や巻物を載せられたオートマタの姿もある。

「『閉館』中なのに随分と忙しそうだね？」

「はい。何かできることはないかと思って、色々図書館について調べているんです。あと、ミルカ・ハッキネンについても。アイヴァンはきっと、この状況を打開するために頑張っているでしょうから」

ふうんとアナベルは楽しそうな笑い声をあげる。

「ロマンスだ」

「そっ……そういうんじゃ、ないですけど」

「あの第一王子は何を調べてるんだ？　今更ミルカ・ハッキネンの日記を持って行ったと聞いているが」

「何か秘策があるみたいなんですけど、それには日記を読み解かないといけないらしくて。何か手伝えればと思って先行研究を探してるんです」

　イオはふんと鼻息を漏らすと、オートマタの上に積まれた石板や巻物のうち、いくつかをさっと取り除いた。

「これは関係ないから見なくても良い。ミルカ・ハッキネンの日記について研究が及んでいない分野の本を後で数冊届けさせる」

「あ……ありがとうございます！」

　たくさんの本を抱えたまま、エクシアはぺこりと頭を下げた。イオは面白くなさそうな顔で、

「この程度の選別もできないなら『上級魔術師』への道のりは遠いぞ」

　と嫌みを口にした。アナベルがこら、とたしなめる。

　けれどイオの目論見は外れ、エクシアは神妙な顔で頷くばかりだった。

「本当に――私は全然だめです。何にも分かっていない」

「ほう」

「分からないけど、今頑張らなくちゃいけないことだけは分かるんです。だから、他にも情報があればいつでも精霊便を下さい。イオさんも、アナベルさんも」

真剣な眼差しで二人の目を見据えると、エクシアは早足でその場を去っていった。オートマタが一生懸命にその後をついてゆく。

アナベルはイオの腕を突いた。

「ね、年下に嫌みをスルーされるのって、どんな気持ちぃ？」

「うるさいぞアナベル」

イオは蠅を追い払うようにアナベルの手を払いのけると、消えないインク染みだらけの手で顎を撫でながら独り言ちた。

「蛹が羽化する時が来たようだな」


目の前の文章に自分の全てを没入させながら、エクシアの脳は凄まじい勢いで回転していた。様々な書籍や巻物を机いっぱいに広げ、ミルカ・ハッキネンの日記に関する研究を片っ端から洗い出してゆく。

今まで蓄えて来た知識を総動員し、日記の謎に取り組むことが、楽しくなかったわけではない。けれどそれよりも、どうにかしてアイヴァンを助けたいという思いの方が圧倒的に勝っていた。

(……アイヴァンが、あの人が、辛くないように)

図書館で襲撃されたエクシアを抱きしめた時の、アイヴァンの表情。腕の力強さ。それを、嬉しいと思ってしまった。アイヴァンが自分を心配してくれていることに、体を貫かれるような喜びを覚えた。

でもそれは、エクシアに無慈悲な事実を突きつけるものだった。

(私は、アイヴァンのことが好き――。でも、きっとこの感情は、彼に告げてはいけない)

告げればアイヴァンを困らせる。だって相手は第一王子だ。ハードルが高すぎていっそ笑えてくる。

(でも、一緒にいる以外の形で、彼の助けになることはできる。図書館にいる私だからこそできることが絶対にある)

エクシアがたゆまず歩んできた十九年の中に、それは必ずあるはずだ。

寝食を忘れて没頭するエクシアの前に、蛍の光のように淡いヒントが浮かび上がる。

訝しみながらもそれを追いかけると、光が徐々に大きくなっていくのが分かった。

「これかもしれない……!」

ミルカ・ハッキネンの日記に残された謎。メッセージ。それがもう少しで分かりそうなところまで来ていた。

しかし、何かが足りない。パズルのピースが最初からないように、エクシアの手持ちの情報ではあと一歩足りなかった。

「……図書館内部の本はかき集めたはず。イオさんが後から何冊か送ってくれたけれど、あの中にヒントはなかった」

ということは、とエクシアはクマのできた目で天窓を仰(あお)ぎ見る。

「他の場所にあるとしたら、王宮以外に考えられない。ミルカ・ハッキネンの部屋は確か王宮にもあったはずだから」

エクシアは考える。できれば謎を完璧(かんぺき)に解いて、堂々とアイヴァンを助けたかったけれど、そうもいかないようだ。

せめてここまで解き明かした日記の謎を、アイヴァンに渡(わた)すことができれば。

(でも図書館は『閉館』中で出入りは限られているし……。図書館の人間が気軽に第一王子と面会できるとも思えない)

ならば、とエクシアは腹を決めて立ち上がると、アイヴァンに渡すべき数冊の本を手に取り、油を張った紙に包んで濡(ぬ)れても問題ないようにした。

そのまま七階に駆(か)け上がり、書架(しょか)の隙間(すきま)をすり抜(ぬ)け、広い空間に出た。

行く先も定かではない、長い長い廊下が続く場所。ミルカ・ハッキネンの私室がある場所だ。

かつてアイヴァンを招じ入れ、エクシアを拒んだ木の扉を、睨みつけるようにして立つ。

「……この間は入れなかった。今も入れるかどうか分からないけど、もう一度試してみる価値はあるわ」

寝不足でかすむ目を何度も瞬かせ、エクシアはドアノブを握って、祈るような気持ちで体重をかけた。

扉は呆気なく開いた。

「……開い、た？　開いたわ！」

エクシアの口元に笑みが浮かぶ。この土壇場で、ミルカ・ハッキネンに認められたのだ。

しかし喜んでばかりもいられない。エクシアは素早く室内に入ると、彼女の部屋を観察したいのをこらえ、しゃがみこんで床をバンバンと叩き始めた。

傍から見ればまごうことなき奇行だったが、エクシアは辛抱強く床を叩き続けた。

窓際の床板を叩いたところで、音が少し変わる。エクシアはカーペットを払いのけ、指先で床を探った。

「……あった、レバー！」

埃に埋もれていたレバーを指先でつまんで持ち上げると、人一人がようやく通れるほどの穴が現れた。埃と蜘蛛の巣にまみれたはしごが三メートルほど続き、横穴に続いているようだ。

（この横穴が続いている先は……。記録が正しければ、私の予想通りのはず）

エクシアは意を決して、そのはしごを下り始めた。

仮眠から目覚めたアイヴァンは、今が昼なのか夜なのか分かっていなかった。のろのろと窓の外を見て、ようやく今が夜であることを知る。

「いや、明け方かもしれないが」

そう呟いて、椅子の上で身じろぎし、のろのろと立ち上がる。

処理しなければならない書類の半分を片付けたところだ。もうあと数時間は眠りたいが、今日は貴族たちとの面会がいくつも控えている。

議題はもちろん図書館の『閉館』についてだ。

この件について、国王が対応していないわけではない。後継ぎと目されているアイヴァンが、自分の価値を証明し続けるべく、仕事を囲い込んでいるだけなのだ。

「激務に身を駆り立てて、嫌なことから逃げ出すのは、俺の悪い癖だな」

呟いたアイヴァンは目の前の書類を手に取ったが、諦めたように頭を振って、乱暴に机に投げ出した。頭が上手く働かない。

滅多にないことだが、気分転換をしようとふらりと外に出た。部屋の外にいた護衛が供を申し出るが、断って王宮の庭に一人歩み出す。

虫が鳴いている。猫の爪のような三日月が空にぽっかりと浮かんでいるところを見ると、深夜に近いらしい。

庭師が日々手入れを欠かさない王宮庭園は、暗闇の中で静かに眠りについていた。

深呼吸すると、昼間よりは冷たい空気が肺を満たし、頭が僅かに冴えた。

ミルカ・ハッキネンの日記解読は進んでいなかった。忙しいということもあるし、これ以上どうやって読み解けばよいのか分からず、行き詰まっているということもある。

苛立ちがじわりと思考の端から滲んでゆく。

急がなければ、前に進まなければ、早く、速やかに事を終わらせなければ、デザストル公爵の思うがままになってしまう。

戦火が、人と本を焼く未来が現実のものとなってしまう。

「……っ」

叫びだしたくなるのをこらえるために、片手で口元を覆わなければならなかった。何度か深呼吸を繰り返して、焦りと苛立ちを思考から追い出そうと試みる。

その瞬間、背後の草木が微かに揺れる音がし、アイヴァンは身構えた。獣だろうか、あるいは侵入者という可能性も——。

神経を尖らせるアイヴァンの前で、茂みが揺れる。そうしてそこからにゅっと現れたのは、ローブを被った人影だった。

人影ははっとしたようにアイヴァンを見た。ローブの隙間から覗く、夜の海の色をした瞳に、アイヴァンは一瞬心臓が止まったような心地になった。

「……アイヴァン？」

「エクシア！」

がさがさと茂みから這い出て来たエクシアは、体中に埃や蜘蛛の巣や葉を纏っていた。フードからこぼれる赤毛は、蜘蛛の巣のせいであちこち白くなってしまっている。

アイヴァンはエクシアに駆け寄ると、立ち上がるのを助け、埃を払ってやった。手のひらで覆ってしまえるほどの小さな肩を感じて、思わず喉が詰まりそうになる。

「どうしてここへ？　いや、どうやって」

「『真珠の部屋』にはね、王宮に繋がってるルートがあるのよ。もう随分使われていないせいで、蜘蛛とか蛇とかの住処になっちゃってたけど」

「『真珠の部屋』に入れたのか！　さすがだ」

「あなたに先を越されちゃったけどね」

　どこか得意そうに言ったエクシアは、アイヴァンの顔を見て微かに眉をひそめた。

「クマがすごいわ。大丈夫？」

アイヴァンの顔に手を伸ばしかけたエクシアだったが、はっとしたように動きを止める。アイヴァンは思わずその手を引いて、自分の頬に押し当てた。

「き、汚いわ。埃だらけよ」

「構わない。構わないよ」

　興奮を押し殺すようなため息を漏らし、アイヴァンはエクシアの姿をまじまじと見つめた。まるで網膜に焼き付けようとするように。

「会いたかった。君も同じ思いだったらどれだけ嬉しいか」

「っ」

　エクシアは一瞬辛そうに顔を歪め、それから気丈な笑みを浮かべた。

「あなた心配性だものね。足の怪我はすっかり治ったわ、ありがとう。今日ここに来たのは、ミルカ・ハッキネンの日記を読み解くために重要そうな本を届けたかったからなの」

　ローブの下から取り出したのは、紙に包まれた複数冊の本だった。いずれも植物の葉があちこちに挟まれている。アイヴァンはそれを受け取り、しげしげと眺めた。

「図書館の蔵書は全部探してみたけど、多分これだけじゃ足りない。読んだら分かると思うけど、もう少しピースが必要よ。それはきっと、王宮のミルカ・ハッキネンの蔵書にあ

るんじゃないかと思っているの」

「王宮のミルカ・ハッキネンの蔵書……。ああ、あるな！　王宮の図書室に、彼女が寄贈した本が収められた本棚がある」

「そこも探してみて」

エクシアはそう言って少し間を置いてから、尋ねた。

「あなたが探しているのは、ミルカ・ハッキネンが遺した〝信書〟……かしら」

「さすがに分かるか。ああ、俺が探しているのは、ミルカ・ハッキネンが死の間際に残した信書だ。魔術がかけられた信書で、王宮は図書館側の合意無しに彼らの技術を、他国を侵略する用途には使えなくなる、というものだと聞いている」

一見すると図書館側に都合の良すぎる信書に見えるかもしれない。

だがミルカの遺した信書には、図書館側の義務も刻まれており、それに違反すれば彼女の仕込んだ魔術が発動し、双方に罰を与える――そうなっているはずだった。

「信書の存在はかなり確からしいと言われているけれど、ミルカが亡くなってから百年の間、誰も見つけた人はいない。あなたが探す先に求める物があるとは限らない」

「だが、進むしかない。ここまで来た以上は探し出してみせる。それがあれば、デザストル公も手を引かざるを得ないだろうからな」

「そう……。そうね。きっとあなたはやり遂げるのでしょうね」

　どこか眩しそうに目を細めたエクシアは、アイヴァンの手から逃れるように体を引いた。遠ざかる手を、アイヴァンが掴む。

「え」

　そのままアイヴァンはエクシアを抱きしめた。腕を引くだけで簡単に胸に飛び込んでくる小さな体を、離したくないと思う。

　エクシアは抵抗こそしなかったが、ただ困ったようにアイヴァンの腕を掴むだけだった。その小さな手の感触が愛おしい。

「あ……あの、私、汚いから」

「危険を冒してここまで来てくれたのは嬉しい。それが俺を思ってのことだったら、もっと嬉しいんだが」

「……あなたはミルカ・ハッキネンの信書を見つけて、あの悪い人の企みを阻止してくれるんでしょう。だったら、図書館から王宮に来るのなんて怖くない」

　アイヴァンはエクシアのフードに顔を埋め、大きく息を吸い込む。腕の中のエクシアが身じろぎし、それから抵抗するようにアイヴァンの体を押した。

　瑠璃色の眼差しには混乱と戸惑いが見えた。だがアイヴァンは、その目の奥に期待が混じっているのを見逃さなかった。

「――俺の気持ちは分かっているだろう」

「……勘違いをさせないで。辛いだけだから」

エクシアは予想もつかない素早さでアイヴァンの腕をすり抜けると、くるりと身を翻して、やって来た茂みの中に消えてゆく。

「必要な本があったらいつでも連絡して」

その言葉を最後に、エクシアの気配が途絶えた。

アイヴァンは手にした本には目もくれぬまま、ただエクシアが姿を消した茂みの方を凝視している。その顔が一瞬辛そうに歪んだが、彼はすぐに平常心を取り戻し、さっと踵を返す。

腕にはまだエクシアの温もりが残っていた。

執務の隙間を縫って、エクシアから託された本に目を通した。所々挟まれた紙片には、エクシアの走り書きがあって、アイヴァンはそれを何度も撫でていた。

言われた通りに、王宮内の図書室に足を運び、ミルカ・ハッキネンが寄贈した本全てに目を通してみた。そこにヒントらしきものはなかったが、諦めきれずに他の本も手に取ってみる。

それは、ミルカ・ハッキネンの寄贈した本ではなく、彼女が送った手紙をまとめた書簡集だった。ぱらぱらとめくっていると、図書館の守護聖人と呼ばれていた彼女が、意外と茶目っ気のある女性であったことが分かる。

彼女は本に悪戯を仕込むのが好きだったようで、その種明かしをしている手紙は生き生きとしていた。暗号表を使わないと読めない本を書いて贈ったり、製本のために必要な革表紙や花ぎれといった素材を、あえてばらばらに送りつけて「自分で本を組み立ててみろ」と挑発したりしている。

この手紙をきっかけとして、貴族たちの間で、自分で製本をすることが一時期流行ったらしい。魔導書を自分好みに作れることに加えて、細工を仕込み、秘密を隠しておけることが貴族たちに受けたようだった。

「……秘密を隠す、か」

自分で製本をすれば、背表紙と花ぎれの間に小さなものを隠したり、裏表紙に何かを仕込んだり、羊皮紙の隙間に隠し魔術を忍ばせておくこともできる。

もちろん、誰かへのメッセージだって、気づかれないように届けられる。

「裏表紙に何かを仕込む……」

アイヴァンはそう呟きながら、ミルカ・ハッキネンの日記を取り出した。

図書館の守護聖人たる彼女の日記を壊すのは気が引けたが、もう後がないのだ。ナイフを取り出すと慎重に革の表紙と中身をばらしてゆく。

果たして、革表紙の裏には鉛筆で走り書きがされていた。

『探し物をする人へ。大広間、馬鹿みたいに大きな像の足元』

アイヴァンは立ち上がった。日記を引き出しにしまい込んで鍵をかけると、早足で執務室を出る。

「大広間の、馬鹿みたいに大きな像……!」

王宮の大広間は、東側の壁が一面鏡張りになっている。そしてその前に、今までの国王の彫像がずらりと並んでいるのだが、その中でも異様に大きな像があった。

アイヴァンは大広間に飛び込むと、巨大な空間の真ん中あたりにある像へ駆け寄る。

「金鹿王」と呼ばれるノーザンクロス王国第二十七代国王の像だった。

「ここの足元に、何かが……」

金鹿王の名の由来は、彼が民を苦しめていた森の魔獣である金鹿を見事に退治したことにある。ゆえに王の足元には、角を何本も生やし、牙を剝きだしにしながらも踏みしだかれている鹿の姿があった。

「……っ、これか⁉」

その鹿の心臓の辺りに、何か線のようなものが見えた。よく見てみると、そこは空洞になっているらしく、押すとあっさり開いた。

期待に胸を高鳴らせながら、その空洞に手を入れてみる。レバーの感触がしたのでそれを引いてみると、像が左右に開き始めた。

現れたのは魔術によって施錠された小箱だった。

小箱には小さなタグがついている。

『探し物をする人へ。この中にあなたの欲しいものが入っています』

アイヴァンは小箱を手に取ったが、かけられた魔術はあまりにも複雑で、手出しができないことを悟る。

「ここまで来て……！」

目の前に求めていたものがあるのに、手に入れられない事実を歯がゆく思いながらも、アイヴァンはその小箱を観察する。何重にも魔術障壁がかけられ、寄木細工のように複雑な仕掛けが施されているため、開錠の難易度は高そうだった。

「この箱を開錠するためには、かなり高度な魔術が必要そうだな……。宮廷魔術師が対応できるかどうか」

やはり図書館の『魔術師』に来てもらうのがベストだが、彼らを王宮に呼ぶ口実がない。

「……」

アイヴァンは大広間の床を睨みつけながら、忙しく思考を巡らせる。

デザストル公は我慢のできない子どものように、毎朝国王に謁見し、図書館を再び開かせ『閉館』を選んだことへの罰を与えるべきだと訴え続けている。エクシアを襲った時のように、実力行使に出ないとも限らない。

唸りながら考え続けていたアイヴァンの脳裏に、ひらめくものがあった。

金色の目がみるみるうちに見開かれ、それからゆっくりと悪戯っぽく細められる。

「全てを得るか、全てを失うか」

やってみる価値はある。アイヴァンは小箱を元あった場所にしまうと、急いで執務室に戻り、部下に命じた。

「デザストル公を呼べ」


デザストル公爵は、鳩が豆鉄砲を食ったような顔をしていた。

アイヴァンは苦笑を抑えながら、辛抱強く繰り返した。

「やはり、公のご意見が正しいと思うようになりまして」

「おお、つまり図書館の『閉館』に対して、厳重な処罰を下すという私の意見に、ご賛同頂けるわけですな！」

「はい。考えてみたのですが、やはりあの『閉館』は図書館長の独断で行われたものです。図書館に権力を持たせすぎるのはよろしくない」

足を組んで、尊大な王族を演出する。デザストル公爵は感じ入ったように頷いていた。

「それに、最近上がって来る陳述書や、外国の報告書を読んでいますと、いつ我がノーザンクロス王国も狙われるか分かったものではありません。万が一に備えて、図書館の魔術を常に王宮が使用できるようにしなければならない」

「ええ、ええ、そうでしょうとも。一刻を争う戦時下において、いちいち図書館の許可など求めていては、敵の思うままですからね！」

　アイヴァンはにっこりと笑い、人差し指でデザストル公爵を招くような仕草をした。尊大な態度に、デザストル公は一瞬むっとしたような顔になったが、すぐ満面の笑みで近づいてくる。

「耳を貸して欲しい、デザストル公。——何でもこの王宮には、ミルカ・ハッキネンが遺した、至高の対軍魔術があるらしいのです」

「何と！」

「図書館に出入りしている最中にミルカ・ハッキネンの日記を見つけて、そこからその魔術の存在を知ったのです。既にその場所も分かっています」

「さすがは殿下、仕事が早くていらっしゃる」

「ですが問題がありまして。ミルカ・ハッキネンにより、その魔術は鍵をかけられているようなのです」

　ふむ、とデザストル公はぶよぶよと肉のついた顎を撫でた。

「対軍魔術というくらいだ、セキュリティが厳重なのは無理もないでしょうな。宮廷魔術師に開錠させましょうぞ」

「いえ、私の知り合いの宮廷魔術師に極秘で見せてみたのですが、歯が立たなそうだというのです。図書館の『魔術師』であれば分かるかもしれない、ということでしたが」

「図書館の連中に協力を要請するということですかな？　果たして言うことを聞くかどうか……」

「そのために何度も図書館に通ったのですよ。既に顔見知りとなっている『魔術師』もいますし、必要とあれば私の友人も手伝ってくれるでしょう」

友人という言葉に、デザストル公が下卑た笑いを浮かべた。

「ああ、あの赤毛の娘ですな。フィラデルフィア伯爵の二番目のご令嬢ということでしたが、いやはや、陰気そうな娘でしたな。僭越ながら我が娘の光り輝くような美しさに比べれば、路傍の石も同然です」

アイヴァンの口元が微かに引きつる。だがデザストル公爵は気づかない。

アイヴァンは、目の前の太り切った顔を殴り飛ばしたい衝動を、懸命に堪えていた。エクシアに傷をつけたのは、この男なのだ。この男の狭量で、身勝手で、自分のことしか考えていない野望のせいだ。

目の前の男の怒りなどつゆ知らず、デザストル公爵はのんきに言う。

「ところで殿下。そろそろ婚約者様をお選びにならなければいけない頃では？」

「ええ、この問題が終わったら考えようと思っています」

「それがよろしいでしょうな！　殿下は今まで様々な女性を見て来ておいでだ。きっと、どれが一番美しい宝石か、既に見極めていらっしゃるに違いない」

　十本の指に嵌めた大きな宝石をギラリと輝かせながら、デザストル公が意味深な視線を送ってくる。第一王子は曖昧な笑みを浮かべるに止めた。王宮ではそれでいい。

「図書館への通達は私の方で手配します。さほど時間をかけるつもりはありませんから、公はどうか短気を起こさずお待ちを」

「はっはっは。短気と仰っているのは、図書館に私兵を差し向けたことですかねえ？　それならばあれは短気さゆえの蛮行ではなく、慎重さゆえの布石と思って頂きたい。事が起きてから動くのは二流ですからね」

　悪びれずに言うデザストル公の顔と向き合うのに限界が来た。アイヴァンは押し殺した声で、退室を促す。

　小太りの男は、上機嫌を隠しもせずに、執務室を辞去した。

「ハーッ……」

　苛立ちのこもった長いため息。アイヴァンは執務室の椅子に座ると、引き出しから小箱を取り出し、エクシアから贈られた百合のランタンをじっと眺めていた。

図書館の『機関部』は、実は謎に包まれた存在だ。

図書館内の秩序・治安を維持し、図書館の建物を保ち、蜘蛛たちを使って内部を常に整備するのが仕事だと聞いているが、どんな人間が、何人体制で、どんなふうに仕事をしているのか、エクシアは知らなかった。

だから、仕事部屋を訪れた『機関部』が、十五、六歳ほどの少女であることにびっくりしていた。

「どうもー。『機関部』のリコと申しますー」

肩ほどまでの髪は少しぼさぼさで、前髪は全部上げて赤いリボンで留めている。つるりとしたおでこの幼さとは裏腹に、着ているものは黒いローブという地味な出で立ちだった。落ち着いた焦げ茶色の瞳は、賢い馬を思わせる。

「『機関部』の方々は、もっと年齢が高いものだと思っていました」

「まあうちは見た目通りの年齢じゃないですけど。『機関部』をメインで回させてもらってますー。いつも『88B』がお世話になってるみたいで？」

「あ、ビビ……じゃない、『88B』ですね」

「可愛い名前までもらって、あの子あなたにめちゃくちゃ懐いてますよー。オートマタに懐く機能はつけてなかったのに、興味深いですよねー」

リコはにへっと笑った。独特な笑い方はさすが図書館の人間という感じだ。

「それで、ですね。今日ここに来たのは、エクシアさん宛てのお手紙を受け取ったからなんですー。基本的に『閉館』中はいかなる精霊便も受け付けないのですが、例外として貸出対応はしてましてて、その郵便箱の中に手紙が入ってましたー」

そう言ってリコは手紙を差し出した。封蠟は王家の、獅子の紋章が入ったもので、既に開封済みだった。エクシアは思わずリコの顔を見た。

「人のラブレターを覗き見るのはどうかと、うちも図書館長に苦言を呈したんですがー」

「ら、ら、ラブレター!?」

「だってそれ、アイヴァン殿下からのものですよね？　そしたらラブレターって思うじゃないですか、ってなったら見ないでおこうって思うのがフツーですけど、図書館長はフツーじゃないんで、スイマセン」

「アイヴァンから私に宛てた手紙が、自動的にラブレターになってしまっているところが謎なのですが……」

「逆にランタン祭りであれだけ楽しそうに踊っておいて、ラブレターじゃないと思ってるところに驚きなのですが……」

「うっ……。というか私、そんなに楽しそうでしたか」

「エクシアさんもですが、アイヴァン殿下も楽しそうでしたねー」

「そっ、そうでした、か」

照れ隠しに咳払いを一つして、エクシアはその手紙を開けてみた。

中身を読んで目を丸くする。

それはラブレターではなかった。けれど、ラブレターより過激な内容だった。

「こ、これ、図書館長もお読みになったんですか」

「はい。それで、言伝です。『エクシアくんに全て任せる』だそうですよー」

「え……ええ!? 全て任せるって、ミルカ・ハッキネンが遺した魔術錠を開錠することを、ですか……!?」

アイヴァンの署名が入っているその手紙には、図書館に対する正式な依頼と、ミルカ・ハッキネンが遺した魔術錠の図面が描かれていた。

──手紙曰く、この魔術錠は、国を救うための信書が入ったものである。しかし、宮廷魔術師ではこの魔術錠を開錠することができない。

ゆえに、図書館に協力を要請する。優れた『魔術師』を王宮に派遣し、当該魔術錠を開錠せよ。

成功すれば、王宮の許可なく『閉館』したことに対する図書館への処罰は免除とする。

「これ、図書館長が解決した方が良いんじゃないですか⁉　王宮絡みの案件なんですよね⁉」

「それも含めて、エクシアさんの判断に任せると図書館長は仰せですー。図書館長に丸投げしちゃっても全然構いません。実際それが一番穏当だとは思うんですが」

　リコはじいっとエクシアを見つめる。

「ただ、エクシアさんはアイヴァン殿下と仲が良いみたいですし、このところミルカ・ハッキネンについても調べていたようですから、エクシアさんが行くのも悪くはないとうちは思うのです」

「わ、私は写本することだけがとりえの『魔術師』で……『上級魔術師』の試験にも二回落ちてますし……！」

「それはエクシアさんが、図書館長のお気に入りなだけですねー。図書館長は、好きな子ほど意地悪したい典型的なタイプなので」

　それに、とリコは何気なく付け加える。

「難しいことに挑戦すれば、その分見返りも大きいですよ。結果なんかどうでも良いと思えるくらいに」

　リコはぺこりとお辞儀をし、

「それではそろそろお暇しますー。また『88B』に会ったら遊んでやって下さい。あの子、あなたのことが大好きみたいなので―」

と言って去っていった。

一人残されたエクシアは、何度も何度もアイヴァンの手紙を見た。筆跡を指でなぞり、それから封蠟の獅子の紋章を見つめる。

(今まで何度か精霊便をもらったことがあったけれど、王家の封蠟つきの手紙をもらったのは初めてね。――そう、あの人は第一王子なんだった)

つい忘れてしまっていた。アイヴァンの地位、彼の立場のことを。

と同時に、あの夜、アイヴァンに抱きしめられたことを思い出す。

(あの時の彼の辛そうな顔――。アイヴァンも、もしかして私のことが、……好き?)

両思いだ、と喜べるほどの覚悟はなかった。王族の人間に恋をするということの意味を、エクシアはまだ分かっていないからだ。

(覚悟がないなら、好きだという気持ちなんて、初めからない方が良い。私の気持ちをなかったことにするのが一番簡単だわ)

でも、とエクシアの中で何かが反論する。

(私に色んなことを教えてくれて、世界を広げてくれたあの人を、今度は私が助けたい。それは私があの人のことを好きだから、じゃないの？　その気持ちを、なかったことにするなんて、できる?)

図書館内を駆けまわって、ミルカ・ハッキネンの資料を集めたのは、少しでもアイヴァンの助けになりたかったからだ。それは、今までの恩を返すという意味を超えていた。そして今度は、ミルカ・ハッキネンの魔術錠を解いて欲しいと頼まれている。手紙はエクシア宛てだ。アイヴァンはエクシアに助けを求めているのだ。

頼られているのが嬉しくて、こそばゆくて、少しだけ恐れ多い。

けれど何より、全力で応えたいと思う。その根底に横たわる感情が何なのか、エクシアはもう分かっている。見て見ぬふりをしたところで、その感情が変わるわけでも、なくなるわけでもないのだ。

「じゃあ、張り切るしかないじゃない」

エクシアは吹っ切れたような声で呟く。

(そう、私はアイヴァンのことが好き。そして、同じくらいこの図書館も好き。——だから、今私にできることを、全力でするだけ)

手紙に同封されていた魔術錠の図面を取り出し、エクシアは解読を始めた。

六章

　図書館の大広間、複数人の『魔術師』や『上級魔術師』が集まっている。

　その中央に立っているのはエクシアだ。黒板に魔術錠の図面の簡易版をさらさらと描いていく。

「罠だ罠、そうに決まっているだろう」

　エクシアの背後で投げやりに言うのはイオだ。

「大体魔術錠を開けたところで、その中に眠っているのがミルカ・ハッキネンの信書とは限らないんだろ？　もしかしたら大量破壊兵器があるのかもしれない」

「ミルカ・ハッキネンがそんなものを隠しますかねえ？」

　そう疑問を呈したのはクリスティンだ。彼は鉛筆をくるくると回しながら、エクシアが描く魔術錠の図面を凝視している。

「ミルカ・ハッキネンの技術が悪用されていないとも限らんだろう。そもそもこんな事態を招いた王宮の言うことを聞くのが気に食わん」

「ていうかイオ、それが本音でしょ」

からかうように言ったのはアナベルだ。金色の髪はなぜか埃まみれだった。彼女の傍らには、古びた石板がいくつか積まれており、埃を払うための筆が傍に置かれていた。仕事中だったにもかかわらず、エクシアの呼びかけに真っ先に駆けつけてくれたのだ。

エクシアは緊張した面持ちで、先輩魔術師たちに向き直ると、黒板を示した。

「これは第一王子であるアイヴァン殿下より送られてきた、魔術錠の図面です。彼はこの図面を解き、魔術錠を開錠して、中にあるものを手に入れたがっています」

「その中にあるものが何かは、明記されていないんだよね？」

「はい。ですがアイヴァン殿下の今までの行動からして、貴族側の動きを制限する信書か何かだと思われます」

「だから、そこに疑義があるんだろう」

イオがイライラと口を挟んだ。

「確かに先行研究で、ミルカ・ハッキネンが王宮による図書館の技術の搾取を懸念していたことはわかっている。だが、その魔術錠の先にあるものが、ミルカ・ハッキネンの信書であるという根拠は何だ？」

「では逆にお伺いしますが、アイヴァン殿下が今まで図書館の技術を不当に盗んだり、不当に手に入れたがったりしたことがありましたか？」

「ない。だがこれからもないとは言い切れない」

「その懐疑(かいぎ)的な姿勢は、学問においてとても大切なものだと思いますが、私たちに今必要なのは、王宮に対する信頼(しんらい)ではないでしょうか」

信頼。イオはその言葉を鼻で笑う。

「青臭(あおくさ)いことだ」

「ええ、私は最年少の『魔術師』ですから」

イオ相手に切り返すと、エクシアは他(ほか)の『魔術師』の顔ぶれを見やった。

「私はこの魔術錠(まじゅつじょう)を解いた先にあるものは、ミルカ・ハッキネンの信書——図書館の魔術を王宮が勝手に使うことを禁ずる内容だと考えています。それは先行研究からでもかなり確率が高い話だと思いますが」

同意を求めるようにイオを見れば、彼は渋々(しぶしぶ)頷(うなず)いた。

「であれば私は、アイヴァン殿下とその先行研究を信じます」

エクシアの言葉にイオは口をつぐんだ。先行研究を信じると言われてしまえば、それに反論することは、今までの研究を否定することに繋(つな)がりかねない。

ましてやイオはミルカ・ハッキネンについて少々詳(くわ)しい。彼女が人を傷つけるような技術を、このような形で後世に伝えることは考えにくかった。

そのやり取りを見ていたアナベルが、微(かす)かに笑った。

「やるね。イオを黙(だま)らせるなんて」

「うるさいぞ、アナベル」

やる気がなさそうに言うイオだが、その表情はむしろ楽しそうだった。

「私は写本が専門です。魔術の構造を読み解く知識は、残念ながら欠けていると言わざるを得ません」

エクシアは訴えかけるように皆の目を見た。

「ですから、皆さんの知恵をお借りしたいのです。魔術錠の種類が理念拒絶型ということは突き止めたのですが、そこからなかなか前へ進めなくて」

理念拒絶型とは、魔術錠そのものが開錠されることを拒否するよう作られている、ということを意味する。その拒絶を外してしまえば問題なく開くのだが、問題はどうやって拒絶を外すかだ。

「うん、確かに拒絶型ですね。ですが図面を見る限り、非常に深い階層に拒絶が埋め込まれてる気がしますよ。っていうか、さすがはミルカ・ハッキネンの魔術だ。ミルフィーユみたいに何重にも層が重なってて、普通の『魔術師』じゃ歯が立ちませんよ」

「とか言っといて、目がきらきらしてるよ、クリスティン」

「失敬、ミルカ・ハッキネンの技術を目の当たりにしていると思うと、どうも浮かれてしまって。魔術錠にこれだけの階層作りますか普通？　めちゃくちゃ面倒ですよ」

「まーそれはそうね。今じゃ一つの魔術にここまで階層作ること自体がナンセンスっていうか、流行らないっていうか」

クリスティンとアナベルは、魔術設計の議論を始めた。話が横道に逸れた感があったが、エクシアは辛抱強く二人の議論に耳を傾けていた。

（この二人は図書館内でも結構な実力者。何かヒントがあるかも……！）

専門外であるエクシアには分からない単語や理論も多かった。けれどエクシアは、二人の議論に必死に耳を傾け、理解しようと努める。

その姿をじっと見ていたイオが問いかけた。

「エクシア嬢。あんたがアイヴァン殿下の望みを叶えたいのは、私情かね」

「私情？」

「つまり、あんたは王妃の座を狙ってるのか、と聞きたいんだ」

議論していたはずのアナベルが、勢い込んでイオのほうを振り返った。

「ちょっとイオ！　それ私が聞きたくても聞けなかったやつ！　まさかあんたが切り込むなんてねえ」

「なんだ。ランタン祭りで殿下と踊ったのはこの娘だろう。俺だって、男女がダンスを三曲続けて踊ることの意味を知らんわけでもない」

「うんうん、一曲だけならまだしも、三曲ってのは意味深だったよね。——で、エクシア、ぶっちゃけたところ、どうなの？」

好奇心たっぷりに尋ねてくるアナベルに、エクシアは口ごもる。言葉を探すように宙を見つめながら、ぽつりぽつりと語りだした。

「……私情は、なくはないです。でもそれは王妃になりたいとかそういうことではなくて、アイヴァンの助けになりたいだけです。アイヴァンの助けをするということは、デザストル公爵の——私利私欲のためだけに戦争を始めようとする貴族の企みを、打ち砕くことでもあります」

「ああ、聞いたことあるよ。デザストル公爵が今戦争おっぱじめようって、色んな国を物色してるって話」

「資源のある国を狙って、火種になりそうなことを仕込んでるっていうじゃないか。領土問題とか労働者問題とか」

「結局戦争になったら、魔導書の出荷も増えて、デザストル公爵の商売もうなぎ上りだもんねー。でも目的がここまで露骨で、しかもバレバレってどうなの」

「他の貴族たちも、懐が豊かになるんなら、特に文句も言わないんだろうよ。国王陛下が積極的に止めないのが気になるが」

「公爵どのが魔導書に必要な素材の流通源だってのが響いてんだろ。古今東西、資源を持ってる奴は強いよ」

図書館という場所に引きこもっていても『魔術師』たちは事情通だった。

無理もない。ここはノーザンクロス王国の知恵が集まる場所であり、その知恵は常に精霊便や新聞、外部に出向していた人間の情報によって、更新されている。

エクシアは彼らの見聞の広さを知り、今更ながらに己の不明を恥じる。

(私って本当に、本以外のことは何にも知らなかったのね……。アイヴァンに教えられるまでは、デザストル公爵の動向さえも知らなかったし、知ろうともしなかった)

それは、自分が追い求め、蓄えた知識が、何のために使われるのかということに無頓着だった、ということでもある。

(私が『上級魔術師』になれないわけだわ)

さっぱりした気持ちでそれを受け入れることができる。自分に足りないものが分かった今、目指す場所は明確だからだ。

「デザストル公爵の目論見通りに事が進めば、図書館で大切に守ってきた知恵や技術が、誰かを傷つけるための武器になってしまう」

エクシアがぽつりと呟くと、かまびすしく議論をしていた『魔術師』たちが、口をつぐんで彼女の方を向く。

「私たちは加害者になるために、製本したり、写本をしたり、古書を直したりするわけじゃありません。もちろん、意図しないところで誰かを傷つけることはあるかもしれないけど……デザストル公爵が明確に、図書館の技術を戦争に使おうというのなら、それを止める義務があるはずです」

それに、とエクシアは『魔術師』たちの顔を見回した。

「ミルカ・ハッキネンの魔術錠なんて、面白そうじゃないですか。少なくとも宮廷魔術師たちには歯が立たなかった魔術を、私たちが解き明かすことができたら――ちょっと鼻が高いと思いません？」

その言葉によって『魔術師』たちの闘志に火がつけられた。

「上等じゃん！」

叫んだのはアナベルだ。

「図面写させてもらうね。ちょっと引きこもって考えてくるわ！」

「俺も、一人で考えをまとめさせてもらおう」

イオは立ち上がると、エクシアの腕をぎこちなく叩いた。

「今のはなかなか良い激励だったぞ。『真珠の部屋』に入れるようになっただけのことはあるな？」

「ありがとうございま……。っど、どうしてそれをご存じなんですか⁉」

どこかで監視されていたのか、と焦るエクシアに、イオはくつくつと楽しそうに笑い、

「図書館には色んな目がある。閉鎖的な空間だから、噂も広まりやすい。エクシア嬢とアイヴァン殿下の逢引きは、結構有名だったぞ」

という爆弾をエクシアに落とした。

「あ、逢引きでは、ないんですが。ただ図書館の案内をしていただけで……」

顔を真っ赤にして口ごもるエクシアに、イオはますます目じりの皺を深くする。

「エクシア嬢を変えた張本人が、アイヴァン殿下であることくらい、分かっている。俺にとってアイヴァン殿下はいけすかない王族だが、まあ、信じるに足るだけのことはしてきたんだろうよ」

他人事のように言って、イオは去っていった。

(信じるに足るだけのことはしてきた、か。そうよね。アイヴァンはいつもそうだった)

だからこそ最初から『真珠の部屋』に入ることができ、こうして図書館の『魔術師』たちを動かすだけの説得力を持ちえたのだ。

(アイヴァンのそういうところが……好き)

そう思った瞬間、アイヴァンへの気持ちがぶわりと膨れ上がって、魔術錠の開錠どころではなくなり、エクシアは慌てた。

(今はこんなことで頭をいっぱいにしている場合じゃないわ! 私もこの魔術錠を解く方法を考えないと)

無理やり気持ちを切り替えて、エクシアは自分の仕事部屋に戻った。

『魔術師』たちは各々の研究分野の知識を総動員し、ミルカ・ハッキネンの魔術錠に挑んだ。昼夜を問わず集まっては、ああでもないこうでもないと議論を重ねる。

『機関部』からの差し入れだというビスケットやスコーンをつまみ、煮詰まって濃くなったコーヒーで目を覚ましながら、図書館の守護聖人が遺した謎と取っ組み合っていると、不思議な瞬間が訪れる。

(万能感、とでもいうのかしら。皆の知恵を集めれば何でもできるような気がしてくる)

それはろくに睡眠をとっていないがための錯覚かもしれないが、エクシアにとっては新鮮な体験だった。人と話すことの面白さ、人に伝えることの難しさを痛感する。

仮眠をとったり食事をしたりするために、いったん引き揚げていく『魔術師』たちを見送って、エクシアは今までの議論を軽くまとめ始めた。羊皮紙の上をペンが滑る、軽やかな音だけが響いていた。

「どう、うまくやってる?」

静謐に突如割り込んできたのは、図書館長の声だった。

エクシアが飛び上がって振り返ると、図書館長がにこにこ笑いながら、エクシアの書いたものと魔術錠の図面を見ていた。

「さすがはミルカ・ハッキネン。異様な密度の魔術錠だね。どう、解けそう？」

「……はい。もう少し時間をかければ」

「今回君は、私を頼るという手段を取らなかったんだね？　そうしても良かったのに」

探るような眼差しを受け、たじろぎながらも、エクシアは慎重に答えた。

「難しいことや、やったことのないことをずっと誰かに頼み続けていたら、何にもできなくなってしまいますから」

「なるほど。私はてっきり、君一人で抱え込んでいるものだとばかり思っていたが、色んな『魔術師』に知恵を借りることにしたんだね」

「私一人では無理ですし、色んな人が関わってくれた方が、王宮に対する誤解も解けるかと思って」

図書館長は頷くと、懐から一通の手紙を差し出した。王家の封蝋がされており、今回もまた開封されていた。

「第一王子からの手紙。一週間後に魔術錠の開錠に来てほしいと書いてあったよ」

「一週間後ですか」

エクシアは手紙を開けてみる。確かにアイヴァンの筆跡で「一週間後に図書館の代表者を王宮に送ること」と書いてあった。

（期限をつけてくるなんて、デザストル公爵から催促されたのかしら）

アイヴァンが困ったことになっていませんようにと思いながら、名残惜しい気持ちで手紙を折りたたんでいると、

「一週間。できそうかな」

と図書館長に問いかけられた。

エクシアは少し考えてきっぱりと答えた。

「皆が寝る間も惜しめばできます。あと少しのところまで来ていますから」

「そうか。では延長の申し入れはしなくていいね？　図書館長の私が少しごねれば、もう二週間くらいは確保できるはずだが」

「はい、大丈夫です」

「分かった。では引き続き励みなさい。あのアイヴァンという王子、ここで潰してしまうのは少々惜しいからね」

そう言って立ち去ろうとする図書館長の後ろ姿に、エクシアは声をかけた。

「図書館長。……その、大変ぶしつけなお願いなのですが」

「なにかな」

「もし今度、私宛てに手紙が送られてきたら、それは開かずに持ってきて頂けませんか」

「……恋文の可能性があるから？」

　エクシアは少し迷ってから、微かに首を横に振った。

「アイヴァンからの手紙は、私が真っ先に読みたいだけです」

「あっははは！　そうか、そういうことなら、分かったよ。そしてお詫びを。前の二通は私が真っ先に読んでしまって、失礼なことをしたね」

「いえ……」

　なんだか自分がとんでもないことを口にしたような気がして、今更恥ずかしくなるエクシア。図書館長はそれを楽しそうに眺めている。

「さあ、励みたまえエクシアくん。時間はもうあと僅かだ」


　姉のダイアナは、舞踏会に出る前、いつも真剣な顔で鏡を覗き込んでいた。

　前髪を直したり、ドレスの裾のドレープを調節したり、エクシアからしてみれば変化がまるで感じられない微修正を繰り返して、ようやく装いが完成するのだ。

（でも、今なら理解できる）

　図書館の『魔術師』を象徴するローブにブラシをかけながら、エクシアは姉の真剣な横顔を思い返す。

(お姉様にとってドレスは戦闘服のようなもの。少しでも気に入らない場所があってはいけなかったんだわ)

今のエクシアも同じ気持ちだ。どんな微かなほころびもない、完璧な装いで戦いに挑みたかった。

ブラシをかけたローブを纏い、鏡を覗き込む。

いつもと変わらない、瑠璃色の目を持つエクシアがそこにいる。

エクシアはふと『上級魔術師』の試験日のことを思い出す。その時もこんな風に身だしなみを整えてから向かったが——。

(あの時から、随分変わった)

ふ、と口元がほころんでしまうのはなぜだろう。まだ二、三か月しか経っていないのに、とても昔のことのように思える。

「さあ、行くわよエクシア」

己に言い聞かせ、エクシアは仕事部屋を出た。

誰が図書館の代表として王宮に赴くか。

その議論は、エクシアが拍子抜けするほどあっさりと終わった。

「エクシアでしょ」

「エクシア嬢以外に誰が行くというのだ」

「図書館長でもいいけど、何か喧嘩になりそうじゃない？」

皆が、エクシアが行くことに何の疑問も抱いていなかった。

エクシアは一瞬驚いたが、すぐにそれを静かな感動と共に受け入れた。

（皆が私でいいと思ってくれてるのは、意外だったけど……。その期待に応えるためにも、今日は絶対に頑張らないと）

『閉館』中の図書館から外に出るには『機関部』が作った裏口を通る必要がある。

イオとアナベルが見送りに来てくれていた。

「ま、あんまり緊張しすぎないで、気楽に行ってきな。駄目なら図書館長が何とかしてくれるでしょ！」

「図書館長が何とかするにも限度はあるがな」

エクシアは皆と解読した魔術錠の図面を、今一度見つめる。

「期日までに何とか解けて良かったです。最後の方はどうなるかと思いましたけど」

「ほんとにね。でも私たち、やるべきことはやり切った。だから胸張ってどーんと行きなさい！」

アナベルがエクシアの背中を押す。イオも、エクシアの肩を親しみを込めて叩いた。

図書館の外に出ると、久しぶりの日光が目に眩しい。何度も目を瞬かせていると、甲冑がこすれあう音が聞こえた。

王宮の近衛兵だ。二人の近衛兵は、アイヴァンの身辺護衛を務める男たちで、エクシアも何度か挨拶したことがある。

だからだろうか、彼らの眼差しはどこか気遣うようで、エクシアは二人を安心させるために、手にした魔術錠の図面を見せた。

「解読できました。私を王宮へ案内してくれますか?」

王宮に入る機会がなかったわけではない。フィラデルフィア伯爵、つまり父の供として何度か訪れたことはある。遠くからではあるが、国王の姿を見たこともある。

だが、ここまで緊張したことはなかった。

兎のように跳ねる心臓を持て余しながら、動揺を悟られないよう、唇を強く引き結んで、近衛兵の後をついて歩く。廊下は毛足の長い絨毯が敷かれており、磨き上げたエクシアの靴ごと足を飲み込んでしまうように思われた。

「こちらへ。大広間に魔術錠の本体がございます」

大広間に入ると、何人かの貴族と宮廷魔術師――紋章の入った魔導書入れを持っているからすぐに分かる――が一斉にエクシアを見た。

視線の多さに怯まずに済んだのは、真っ先にアイヴァンを見つけることができたからだ。

（……少し痩せたかしら？）

銀色の髪に、強い意志を感じさせる金色の目。いつも優しさを湛えてエクシアに注がれていた視線は、少しばかり張りつめている。

アイヴァンでさえも疲弊するのが、王宮という場所なのだ。エクシアは背筋を伸ばし、密かに気合いを入れ直した。

「図書館の『魔術師』どのは、随分とお若いのですなあ」

粘ついた口調で言ったのは小太りの男だった。アクセサリーでごてごてと身を飾り立て、油できっちりとまとめた髪がてかりを放っている。

人の顔と名を一致させることが苦手なエクシアも、この男がデザストル公爵であることがすぐに分かった。

だからエクシアは完璧なお辞儀をしてみせ、にこりと微笑む。

「改めまして、エクシア・フィラデルフィアと申します。図書館を代表して参りました。デザストル公爵におかれましては、既に私のことを見知って頂いているようで、何よりでございます」

『図書館に私兵を侵入させ、自分を襲わせたのがあなたであることは、分かっていますよ』

そう言外に匂わせたのだが、デザストル公爵は表情をぴくりとも変えなかった。海千山千の男に、小娘の当てこすりは通用しないらしい。

（ならいいわ。私は私の仕事をするだけ）

いつになく好戦的な気持ちになっていることに気づきながら、エクシアはアイヴァンの方へ向かった。

「ごきげんよう、殿下」

「……よく来てくれた」

語尾が微かに震えていることに気づいたのは、きっとエクシアだけだろう。揺らぐ金色の目を真正面から見据え、エクシアはにっこりと笑う。

「もちろんですわ。ミルカ・ハッキネンの信書は、私たち図書館の人間も興味がございます。王宮の皆様と共に拝見できること、大変嬉しく思います」

「ああ。解いて欲しい魔術錠はここにある」

そう言うとアイヴァンは、エクシアを金鹿王の彫像の前に案内した。

見上げなければ全貌が窺えないほど巨大な彫像だ。

（よくまあこんなものを作らせたものね）

そう思いながらエクシアは、金鹿王が踏みしだいている魔獣の像を見る。

そこには空洞があった。

「この中に魔術錠が？」

「少々お待ちを」

　そう言って近衛兵が空洞に手を入れ、何かを引くような仕草をした。

　すると、金鹿王の像が左右に開き、中から小さな箱が現れた。螺鈿細工の施された黒い小箱には、古い魔術の気配を感じさせる、錆び付いた錠がかかっていた。

　古代の魔導書を見ている時のような、圧倒的な存在感に、エクシアは声を漏らす。

「これが、ミルカ・ハッキネンの遺した魔術錠……」

「その中には、凄まじい威力を持つ対軍魔術が秘められている。我がノーザンクロス王国のためにも、必ず開錠するように」

　デザストル公爵の言葉に、おやとエクシアは思う。

（中に入っているのはそんなに危ないものなの？　アイヴァンが探している信書ではない、ということ……？）

　アイヴァンはにっこりと笑って、エクシアのもとに近づくと、その肩を親しみのある仕草で叩いた。

「公の言葉は信じるな」

　その瞬間、エクシアにだけ聞こえるような声で囁かれる。

　エクシアはすぐに事態を呑み込んだ。

（……ああ、なるほど。この中に入っているものは、デザストル公爵の求めるものだと嘘をついたのね。そうでなければ図書館の人間を王宮に呼ぶことができなかったのでしょう）

　反目している図書館の人間を呼ぶためには、デザストル公爵にとって利益のあるものが入っていると思わせる必要があった。そうして巧みに図書館の『魔術師』をここへ呼び寄せたのだ。

（アイヴァンは、ここへ来るのが私だと思っていたかしら。それとも、図書館長やもっと威厳のある『魔術師』が来ると思っていた？　がっかりしていないと良いのだけれど）

　そう思いながらエクシアは、魔術錠を開錠するための術式を展開し始める。

　魔導書の形に落とし込む時間がなかったため、羊皮紙に描かれた魔術陣を空中に描画し、それを元に魔術を作り上げてゆく。

　魔導書がある魔術であれば、中に書かれている魔術を組み合わせるだけでいい。だがそれがない今、エクシアは自分の手で魔術を組み合わせ、展開させなければならなかった。

　譬えるならそれは、一から鶏を絞めたり、パン生地をこねたりするところから始めて、チキンサンドを作るようなものだ。手間がかかる上に、失敗する可能性も大きい。

（でも、そんなのは最初から分かり切っていたことだった。だから挑む甲斐がある）

　エクシアの目の前には、藤色の魔術陣がぼうと浮かび上がり、線が描き足されている。丁寧に自分の魔力を流し込みながら、幾つかの要素を重ね合わせ、魔術錠の構造に干渉しているのだ。

開錠のために必要なのは、魔術錠が持つ拒絶、即ち「開錠を拒む」という概念を打ち砕くこと。

そのためにはまず、魔術錠を構成する要素の中から「開錠を拒む」ものが何であるかを見抜かなければならない。

だが幸いなことに、エクシアは要素を見極める力に優れていた。そうでなければ最年少の『魔術師』などにはなれない。

エクシアの背後で誰かが聞こえよがしのあくびをした。だがそれは集中している彼女の耳には入らない。全身全霊で、図書館の守護聖人と呼ばれた女傑の魔術錠を解こうと、懸命に試みている。

額に汗が伝うのを感じながら、エクシアは魔術錠に食らいついていった。


汗で頬に張りついた髪を、払いのけてやりたい衝動を抑えるのに苦労した。

アイヴァンは不自然と分かっていながらも、エクシアの横顔から目が離せなかった。

久しぶりに会うエクシアの顔はどこか大人びていて、デザストル公爵相手にも怯まなかった。人付き合いが苦手で、顔見知りが前から来たら進路を変えていた臆病はりねずみの頃とは大違いだ。

魔術陣を展開していたエクシアの顔が歪む。頑張れ、と心の中で叫ぶ。どうして直接言ってやれないのだろうと、己の立場を恨んだ。

だがエクシアは歯を食いしばって開錠を続けている。何か手ごたえを得たのか、ぺろりと唇を舐めて、魔術陣に前のめりになってゆく。

同じ表情を、写本するエクシアの顔に見たことがあった。写本台の上に体を乗り上げるようにして、一筆一筆に全力を込めて文字を刻んでいた。

それが、何よりも綺麗だと思った。

たとえ洗いざらしのローブを着ていても、化粧っ気のない頬にインクの染みをつけていても、傷んだ果物を食べてお腹を下していたとしても。

アイヴァンは目を細めた。

どうしても、欲しいと思う。好きという次元はとうに超え、エクシアを自分のものにすることばかり考えている。それがエクシアの幸せには繋がらないと分かっているのに。

自分がこれほどエゴにまみれた存在だと、アイヴァンは知らなかった。エクシアの手によってつまびらかにされる自分は、演出したい自分とは正反対の醜くて自分勝手な一人の男だった。

「……解けた！」

上ずった声でエクシアが言うのと同時に、空中に展開された魔術陣が回転し始める。紫色の光を放ちながら、小箱の中に吸い込まれてゆくのを、アイヴァンはエクシアと共に見守っていた。

次の瞬間、がちゃん、という音がして、小箱が開いた。

「開いたぞ！」

おおっと歓声が上がる。エクシアは長い安堵の息を吐きながら、アイヴァンを見た。

頷いたアイヴァンは、小箱の中を慎重に覗き込み、封書を手に取った。それは金属の織り込まれたリボンで結ばれており、アイヴァンはもはや焦りを隠さず、そのリボンを忙しなくほどいた。

現れた信書は微かに黄ばんでいたが、十分に解読できるものだった。アイヴァンの横にデザストル公爵が陣取り、二人で書面の内容に目を通す。

「……」

信書の内容を理解した二人の表情は好対照だった。

アイヴァンの目がみるみるうちに輝いてゆくのとは逆に、デザストル公爵の表情は怒りと戸惑いで醜く歪んでゆく。

「なん……何だこれは!? 『王宮の貴族たちは、図書館の魔術を、他国の侵略に使用することを禁ず。その禁を破りし者は永遠に呪われる』だと!?」

「しかもこれは、図書館側の有資格者と、王宮側の人間が同席している際に開封した場合、自動的に効果が発揮されるようになっている。つまりもう有効になっているということだな」

デザストル公爵の目が見開かれ、血走ってゆく。

「これは図書館側の陰謀だ。図書館側にあまりにも都合がよすぎる。大方あのコウモリめいた図書館長が仕組んだ罠なのだろう！」

「よく見ろ、デザストル公。図書館側の義務もここに記載がある」

「『図書館側の有資格者たちは、その知識の供出を惜しむなかれ。貴族の要請に応じず、いたずらに技術を秘匿する場合「真珠の部屋」が汝らに牙を剝くであろう』」

エクシアが読み上げた文言は、図書館側の動きを制限するものであった。

永遠に呪われる。

『真珠の部屋』が牙を剝く。

この信書の内容を破った場合の罰則だ。曖昧な表現で分かりにくくはあるものの、ミルカ・ハッキネンの力が凄まじいものであることは、図書館の人間も貴族も十分承知しているので、抑止力にはなるだろう。

アイヴァンは深い深いため息をつく。

これで当面の争いは回避された。少なくとも、一人の貴族の暴走によって、無駄に血を流すことは避けられたはずだ。全ての徹夜、全ての苦労が報われた瞬間だった。

「……アイヴァン殿下。私を騙しましたな!?」

「まさか。私もこのような信書が納まっているとは、驚きです」

「よくもそんな口を！」

激昂するデザストル公爵は、そのままアイヴァンに詰め寄ろうとするが、近衛兵たちに押し留められる。

「言葉にはお気を付け下さい、デザストル公爵」

「殿下に手を出せば、我ら近衛兵も黙ってはいませぬぞ」

「国王陛下にもご報告しなければなりますまい」

憤怒に顔を歪め、その猪首をシャツがはち切れそうなほど猛らせたデザストル公爵は、すんでのところで思いとどまったらしい。

アイヴァンに手を出すことこそなかったが、戦争によって私腹を肥やすという企みを封じられた今、デザストル公爵の敗北は明らかだった。

「公は図書館の技術を用い、他国への侵略を試みていたようだったが――その件は諦めてもらうしかないだろうな」

「……さて。図書館の技術に頼らずとも、事は進められるのでね」

エクシアの顔がはっとこわばるが、アイヴァンはただ淡々と反論する。

「公の今の財力では、私兵を集めることもままならないでしょう。機を逃(のが)した貴族に協力を申し出る物好きがそうそういるとも思えませんし」

「さあ、どうでしょうな？　いずれにせよ、これで勝ったとは思わないことだ！」

デザストル公爵はそう吐き捨てると、大きく足音を立てて大広間を出て行った。

アイヴァンはすかさず近衛兵たちに命じる。

「公の様子を常に見張っていろ。自暴自棄(じぼうじき)な行動をされては困るからな」

「はっ。承知いたしました」

その場にいた人々が大広間を出て行ったので、アイヴァンとエクシアは二人だけになった。

エクシアは満面の笑(え)みで叫ぶ。

「ついにやったわね！」

「ああ、君のおかげだ。ありがとう！」

「図書館の皆(みんな)のおかげよ。あとでお礼に何か差し入れてね？」

悪戯(いたずら)っぽく笑ったエクシアが、ふと思案顔で大広間の出口を見る。

「デザストル公爵は大丈夫(だいじょうぶ)かしら。例えばあの人が今のことを根に持って、あの人の領地にある資源を売買することを禁じたりしたら、私たち何もできなくなってしまう」

「その点は既(すで)に国王陛下が対応済みだ。貴族がその領地にある資源を独占(どくせん)できないようにする法律が先日下院を通っている」

「そうなの……。さすがに仕事が早いわね」

「そもそもデザストル公が分不相応なことを考えるようになったのは、資源を独占することによって、一貴族が持て余すほどの金が手に入るようになったからだ。他にも彼のような貴族が出てこないよう、早めに手を打つ必要があった」

早口で言い切ったアイヴァンは、ぱっとエクシアを振り返った。

「……違う。こんな話がしたいわけではないんだ」

そう言って静かにエクシアの方に歩み寄ると、彼女の小さな手を取った。

エクシアがはっとしたような顔になる。アイヴァンの手は小刻みに震えていた。

「はは、震えているな。汗もすごい。すまない」

「謝ることじゃないわ。あなた……一人で頑張っていたものね。あなたの努力が報われて、本当に良かった」

励ますように手を握られる。アイヴァンはため息をつきながら、エクシアの手を両手で包み込み、自分の額へと押し当てた。

「君が来てくれて助かった。ありがとう」

「いいのよ。それより、私が来た時失望しなかった？」

「まさか」

アイヴァンは笑う。

「君を見た時、何よりも心強い味方が来たと思ったよ。だが驚きはしなかった。皆は図書館長が来ると思っていたようだったが、俺は君が来るだろうと思っていたから」

「そうなの？」

「あの夜、王宮の庭に現れた君なら、俺の窮地に駆けつけてくれるだろうと、そう思っていたからな」

あの夜、王宮の庭。

その言葉にエクシアは何か思うところがあったのだろう。美しい瑠璃色の瞳が微かに伏せられ、悲しみの色を宿す。

「ミルカ・ハッキネンの信書を見つけたから、もうあなたは図書館に来る必要がないのよね。寂しくなるわ」

「俺と一緒なら、図書館のどこへでも行けたからな。その特典がなくなるのなら、寂しくもなるだろう」

「いいえ、そうじゃないの」

エクシアはアイヴァンの目を見つめる。

「あなたと会う口実がなくなるのが、寂しい」

潤んだ眼差しに、アイヴァンは胸を強く締め付けられる心地がした。

握った手から、エクシアの体温が伝わってきて、これを手放したくないという思いが急激にこみあげてくる。

「――俺も寂しい。君と会うのがどれほど楽しくて、励みになったことか」

エクシアが嬉しそうに口元をほころばせる。

それに力を得て、アイヴァンはついに胸の内で温めていた言葉を口にした。

「良い方法がある。君が俺の婚約者になるというのはどうだ？　婚約者に会うのに理由はいらないからな」

「また変な冗談を言って……」

「冗談じゃない。俺は本気だ、エクシア」

そう言ってアイヴァンは跪き、エクシアの手を取る。

「エクシア・フィラデルフィア。俺の婚約者になってくれないか」

大きな目をさらに大きく見開いて、エクシアが固まる。アイヴァンはその表情に、驚き以外のものを見つけようと懸命に目を凝らした。

だが、観察を終えるより早く、中性的な声が二人の世界に割って入る。

「駄目だね。この子は図書館の逸材、ミルカ・ハッキネンの再来と名高い英才だ。王宮なんていう生臭いところにくれてやるものか」

図書館長だ。口元だけ笑みの形を作りながら、目は猛禽類の鋭さでアイヴァンを睨みつけている。第一王子が跪いているというのに、容赦なくエクシアを引き離していく。

「と、図書館長⁉」

急な登場に目を白黒させるエクシアとは異なり、アイヴァンはあくまで落ち着いた物腰で反論した。

「ミルカ・ハッキネンの再来と名高いというのであれば、王妃になる必要がありますね。王妃になるのは簡単だ。私のプロポーズにイエスと答えれば良いのだから」

「減らず口はお父上に似たようだ。王宮のような伏魔殿では、エクシアくんのような可憐な花はすぐに枯れてしまうぞ」

「私が枯れさせませんよ。それにエクシアは、すぐ枯れてしまうような生命力の弱い花ではないでしょう」

「適材適所という言葉がある。エクシアくんの居場所は図書館だ。静謐だ。知を愛する者たちの中だ。間違っても金や権力のことしか考えていない王宮ではない！」

「私はそういったもの全てから彼女を守る自信があります。王妃になりさえすれば、私が彼女を堂々と守ってやれる。——それに」

アイヴァンは目を白黒させながらやり取りを聞いているエクシアの方を見やった。

「彼女の意向を聞いていない」

「えっ、わ、私の？」

「エクシアが私のことを愛していれば問題ない話でしょう」

「愛ときたか！」

図書館長が絶句する隙をついて、アイヴァンが尋ねる。

「エクシア。俺は君を愛している。写本をする君や、本に没頭する君を見ていると心が安らぎ、世界のあらゆる理不尽と闘える気がする。だから、ずっと俺の傍にいてくれ」

顔を真っ赤にし、口をぱくぱく開けながら言葉を失っているエクシア。

そこに図書館長が割り込んで、大人げなく叫ぶ。

「エクシアくん！　今ならミルカ・ハッキネンの魔術錠を開錠したご褒美に『上級魔術師』に昇格させてあげるぞ！」

「えっ!?　ほ、本当ですか図書館長!?」

今までのムードはどこへやら、エクシアの目が図書館の『魔術師』のそれに変貌する。

「本当だとも！　ただし、アイヴァン殿下の婚約者になるならお預けだ」

「そこまでしますか、図書館長……」

脱力するアイヴァンに、まだエクシアの返答を聞いてもいないのに、勝ちを確信したような笑みを浮かべる図書館長。

「ははは、勝負は決したようだね。王族に辛酸を嘗めさせる機会もそうそうないからなあ、得しちゃった！」

などと言いながら、図書館長は大広間を出ていく。

アイヴァンはその後ろ姿を苦々しく見送っていたが、エクシアにつと袖を引かれ、そちらの方を振り向けば。

「あの……あのね？　私があなたの婚約者になるっていうの、すごくいいアイディアだと思うの。だってそうしたらずっと話していられるのよね」

「も、もちろんだ！　でも君は『上級魔術師』になりたかったんじゃ」

「それは、正式な試験に合格してからなりたいし……。それに、私がやりたいことは『上級魔術師』じゃなくてもできるもの」

「やりたいこと？」

「魔術錠の謎を解いたときのように、皆で知恵を合わせて一つの問題に挑むこと。そして、その知恵を使って、皆を助けること」

強い口調で言い切ったエクシアが、恥ずかしそうに付け足した。

「……それを、あなたの隣で成し遂げることができれば、嬉しいわ」

「つまり、俺の婚約者になってくれるということか」

アイヴァンに勢いよく尋ねられ、エクシアの口から、あう、というか細い悲鳴が漏れる。

そんな声さえも食べてしまいたいほど可愛い。

「あの、でも……。本当に私で良いの？」

　真っ赤な顔で上目遣いに問われ、アイヴァンは思わず心臓を押さえた。

「良いに決まっている、他の誰でも嫌だ！」

　するとエクシアは、ふにゃりと安心したように微笑んだ。

「そう、それなら……。私をあなたの婚約者にしてくれる？」

「喜んで！」

　エクシアを強く抱き寄せ、そのつむじに唇を寄せる。腕で軽く囲ってしまえるほどの彼女が、戦争を止める偉業を成し遂げたと、誰が信じるだろう。

　アイヴァンは優越感に微笑む。今はまだ、この小さな、はりねずみのような娘の本当のすごさを知っているのは、自分だけで十分だ。

終章

「……」

「……ええと、あの、アイヴァン？」

「何だ」

「そんなにじっと見られていると、さすがにやりづらいのだけれど……」

　エクシアの姿はいつも通り、図書館内の仕事部屋にあった。

　ただし前と違うのは、仕事部屋が広くなっており、黒檀のデスクと座り心地の良さそうな椅子が置かれていること。

　そして、そこにノーザンクロス王国の第一王子が座っていることだ。

　アイヴァンは頬杖をつきながら、飽きもせずエクシアが写本をしているところを見つめている。視線が熱を持つのなら、エクシアはとっくに溶けてしまっていただろう。

「君を膝の上に乗せて、キスしながら仕事しないだけ、自重していると思うが」

「ひえっ……。あ、あなた、そういうことを臆面もなく言えるタイプだったのね」

「照れているところも可愛いな」

エクシアは慌てて写本台に視線を戻した。これ以上アイヴァンの砂を吐くような言動を真に受けていたら、いつまでも写本が終わらない。

仕事に集中しなければ、そう思うのだけれど。

（でも、あんなに見つめられて、集中できるわけないじゃない……！　自慢じゃないけど、今まで男の人にあんなに見られる機会なんてなかったもの！　免疫が！　なさすぎる！）

ちらりと顔を上げ、アイヴァンの様子を見る。

「人のことばかり見ていないで、あなたも少しは仕事を進めたらどうなの」

「もう終わった」

「あ、あれだけの書類の山を、もう片付けちゃったの？」

「エクシアの顔を眺める仕事が残っていたからな。急ぎで片付けた」

「そんな仕事はありませんっ」

アイヴァンも暇なわけではない。デザストル公爵の企みを砕いた今、その後始末に追われているはずだった。

だというのに、エクシアの仕事部屋を勝手に拡張し、勝手に自分のデスクを置いて、こうして仕事を持ち込んではエクシアを眺めている。

あまりにもエクシアを眺める時間が長いために、

（本当に忙（いそが）しいのかしら）

　と日々疑っているのはここだけの話だ。

「そうだ、従者から聞いたか？　今度婚約披露（こんやくひろう）パーティーがあるんだが」

「どなたの？」

　そう尋ねると、アイヴァンは苦笑（くしょう）しながら、

「俺と君のだが」

　と言ってエクシアを赤面させた。

「ドレスや髪型（かみがた）、宝飾品（ほうしょくひん）については、全面的に王宮に任せてほしいと言われているのだが、どうだろうか」

「構わないわ」

「指輪については、俺に任せてもらっても？」

　エクシアは首を傾（かし）げた。

「ゆびわ……」

「世の中にはね、婚約指輪と結婚指輪というものがあるんだよ、お嬢（じょう）さん」

「いえ、そのくらいは知っているのだけど。一度も欲しいと思ったことがなかったから」

「そう言えば君……というか、図書館の人間は、手元に装飾品を着けていないな」

　アイヴァンの言葉に、エクシアは自分の手を見つめた。

「そうね。金や銀は製本時に魔術の流れを微妙にくるわせることがあるから」

「それは初めて知った。それなら、指輪じゃない方が良いか？」

「あ、で、でも……。アイヴァンが選んだものなら欲しいわ。仕事中に指にはめてなければいいだけのことだもの」

はにかみながらそう伝えると、アイヴァンがぐっと唸った。可愛い、という押し殺した悲鳴が聞こえるのは必死にスルーする。

「結婚指輪は私からも贈り返した方が良いのよね？」

「そういうしきたりにはなっているが……。俺の方で揃えても良いぞ」

（そうすると、私がアイヴァンからもらいっぱなしになってしまうわね。ランタン祭りのドレスだって、結局半分払ってもらっているのだし）

そう思うのだが、指輪を選ぶという行為に対して気が乗らなかった。荷が重いというか、良いものを選べる自信がないというか。

大体王族が「良い」と感じるものがどんなものなのか、ちっとも想像がつかない。貧相なものを贈って、アイヴァンの評判を下げるのは嫌だ。

悩んでいたエクシアは、手元の写本を見下ろした瞬間ひらめいた。

「そうだわ！　あなたの魔導書を作らせてもらう……っていうのはどうかしら？」

「魔導書？」

「前に見せてもらったのは防御魔術に特化したものよね？　じゃあ私からは……健康特化の魔導書なんてどうかしら？」

アイヴァンは一瞬呆気に取られたような顔になり、それから弾かれたように笑い出した。

「な、なに？　そんなに変なこと言ったかしら」

「いや、君は本当に、次のミルカ・ハッキネンになりそうだと思って。――彼女も夫に、つまり国王に、手ずから魔導書を作って婚約の証にしたらしい」

「そうなの⁉　し、知らなかったわ」

（図書館の人なら考え付きそうなことだけど、まさか守護聖人と発想が被るなんて）

発想が同じだったことへの喜びが半分、自分がそれを考え付いた初めての人間ではないことに対する落胆が半分。そんな感情にエクシアが浸っていると、立ち上がったアイヴァンがエクシアのもとに近づいてくる。

すっと手を取られ、指を絡ませるように繋いだ。指のサイズを確かめるような動きは、どこかくすぐったくて、気恥ずかしい。

恥ずかしがるエクシアを楽しそうに見下ろしたアイヴァンは、彼女の手にキスを落とした。

「君が俺の傍にいてくれることが嬉しい」

「――私も。あなたの傍にいられることが幸せ」

（そして、あなたの隣に恥じないような人間になることができれば、きっともっと……）

エクシアは笑ってアイヴァンの手を引き寄せると、自分の頬に押し当てた。

花がほころぶように笑うと、アイヴァンもまた愛おしそうに目を細め――そうして若い二人は、静かに体を寄せた。

あとがき

ここまで読んで下さりありがとうございます！

雨宮いろりと申します。

本作『王立図書館のはりねずみ』は、角川ビーンズ文庫様から出させて頂く二作目の作品となります。

前作は雀がメインキャラクターのイメージで、今作ははりねずみ……と小動物イメージが続いていますが、どうやら私は小さい生き物が、思いもかけない強さと根性で奮闘する姿を書くのが好きなようです。

本作の主人公・エクシアは、引きこもりがちな天才肌。

大好きな魔導書のためなら何だってするし、その情熱にふさわしい技術も兼ね備えています。ただ少しコミュニケーションスキルに難があり……という欠点をさりげなく補ってくれるのが、彼女が出会うアイヴァンという青年です。

アイヴァンは、王宮という伏魔殿で、如才なく全てをこなしていきますが、その分人の表も裏も見えてしまうタイプの人間でした。だからこそ、エクシアの情熱に惹かれていきます。

そんな二人のデートスポットは、地上十階地下百階にも及ぶ「図書館」。

様々な叡智を集めた迷宮のような図書館は、エクシアの庭でもあります。

はりねずみに似ている、とからかわれる彼女が、縦横無尽に図書館内で活躍する姿を、お楽しみ頂ければ幸いです。

ここからはお礼を言わせて下さい。

イラストを担当して下さった安芸緒様。エクシアの、引っ込み思案な、けれど自分が大切にするもののためには強さを発揮する芯の強い姿をデザインして頂きました！

それを引き立てるようなアイヴァンのイケメンぶりも素晴らしく、表紙の二人を何度も眺めてはにやにやしていました。ありがとうございました。

担当様、企画の段階から辛抱強く付き合って頂き、作品のブラッシュアップを大いに助けて下さいました。ありがとうございました。

編集部の皆様、この本の制作・流通に関わられた方々にも御礼申し上げます。

そして読者の皆様へ。この本を手に取って頂いたこと、とても嬉しく思います。エクシアとアイヴァンの奮闘、そして恋愛模様を楽しんで頂けることを願っています。

また皆様に物語を届ける機会に恵まれることを祈りつつ。

雨宮いろり

「王立図書館のはりねずみ　ひきこもり魔術師と王子の探し物」の感想をお寄せください。
おたよりのあて先
〒102-8177　東京都千代田区富士見2-13-3
株式会社KADOKAWA　角川ビーンズ文庫編集部気付
「雨宮いろり」先生・「安芸緒」先生
また、編集部へのご意見ご希望は、同じ住所で「ビーンズ文庫編集部」
までお寄せください。

王立図書館のはりねずみ
ひきこもり魔術師と王子の探し物
雨宮いろり

角川ビーンズ文庫　23929

令和5年12月1日　初版発行

発行者———山下直久
発　行———株式会社KADOKAWA
〒102-8177　東京都千代田区富士見2-13-3
電話 0570-002-301（ナビダイヤル）
印刷所———株式会社暁印刷
製本所———本間製本株式会社
装幀者———micro fish

●お問い合わせ
https://www.kadokawa.co.jp/（「お問い合わせ」へお進みください）
※内容によっては、お答えできない場合があります。
※サポートは日本国内のみとさせていただきます。
※Japanese text only

ISBN978-4-04-114421-3C0193 定価はカバーに表示してあります。

行き遅れ令嬢が領地経営に奔走していたら立て直し公に愛されました
著／今泉香耶
イラスト／宛
領地経営に勤しむ男爵令嬢と、
仕事に生きてきた公爵の
すれ違いピュアラブ！

社畜だった前世を思い出した貴族令嬢パトリシアは、地に足をつけて働いて生きていこうと婚約破棄の慰謝料を持って旅立った。しかし辿り着いた地で、なぜか潰れかけのブラックギルドを立て直すことになってしまい!?

●角川ビーンズ文庫●

23回
角川ビーンズ小説大賞
原稿募集中！
君の"物語"がここから始まる！
https://beans.kadokawa.co.jp
詳細は公式サイトでチェック!!!
【一般部門】&【テーマ部門】
賞金 大賞 100万円
優秀賞 30万円
他副賞
締切 3月31日
発表 9月発表(予定)
イラスト／紫 真依